Duda Riedel

# DESDE QUE VOCÊ PARTIU

UM VERÃO INESQUECÍVEL EM PARIS ♡

Planeta

Copyright © Duda Riedel, 2025
Copyright © Editora Planeta do Brasil, 2025

*Preparação:* Renato Ritto
*Revisão:* Lui Navarro e Caroline Silva
*Projeto gráfico e diagramação:* Márcia Matos
*Imagens de miolo:* Freepik
*Capa e ilustração de capa*: Luísa Fantinel

Dados Internacionais de Catalogação na Publicação (CIP)
Angélica Ilacqua CRB-8/7057

---

Riedel, Duda
 Desde que você partiu: um verão inesquecível em Paris / Duda Riedel. - São Paulo: Planeta do Brasil, 2025.
 224 p.: il.

ISBN 978-85-422-3321-6

1. Literatura juvenil brasileira I. Título

25-0684                                      CDD 028.5

---

Índice para catálogo sistemático:
1. Literatura juvenil brasileira

Ao escolher este livro, você está apoiando o manejo responsável das florestas do mundo

2025
Todos os direitos desta edição reservados à
EDITORA PLANETA DO BRASIL LTDA.
Rua Bela Cintra, 986 – 4º andar – Consolação
01415-002 – São Paulo-SP
www.planetadelivros.com.br
faleconosco@editoraplaneta.com.br

**Acreditamos nos livros**

Este livro foi composto em Embury Text e impresso pela Lis Gráfica para a Editora Planeta do Brasil em março de 2025.

Para todos aqueles que já se machucaram e aprenderam a se reerguer.

## CAPÍTULO 1

Não gosto de limites porque, na maioria das vezes, eles me impedem de desfrutar de ser como sou. Isso vale para compras no cartão de crédito e para as regras do meu papai. Hoje, por exemplo, já percebi que vou ultrapassar todos os limites que foram claramente estabelecidos nas últimas conversas que tivemos. Mas dane-se, não estou nem aí. Vou comemorar o meu pré-aniversário e tenho coisas mais importantes no que pensar, tipo se uso um Alexander McQueen florido ou um Valentino rosa-choque extravagante daquela nova coleção que a Zendaya já usou.

— Qual você acha melhor? — pergunto pela décima vez pra minha prima, que está jogada em cima de um pufe se deliciando com um saco de Doritos.

— Que diferença faz, Victória? Você não vai poder levar nenhum dos dois.

Bufo, insatisfeita com a falta de resposta, e me troco rapidamente. Para uma leonina como eu, é difícil escolher entre duas obras-primas que irão levantar meu ego e autoestima na comemoração dos meus dezesseis anos. E tudo fica ainda mais difícil sem a ajudinha esperada da pessoa que veio até aqui justamente para cumprir essa obrigação.

Não que Júlia seja especialista quando o assunto é o mundo fashion: ela normalmente se veste como qualquer menina que aparece na "for you" de uma pessoa básica do TikTok, mas, ainda assim, é minha melhor amiga e a opinião dela importa muito pra mim. Mas pelo visto hoje ela não está querendo me ajudar.

Vou até o caixa e a vendedora, que já me conhece bem, sorri, esperando minha decisão. Já está acostumada com meu descontrole financeiro. Nem sei por que ainda fico ansiosa chegando no caixa.

— Os dois, por favor! — digo, sorridente.

— Você enlouqueceu? — Júlia me encara com um olhar assombrado.

Depois, cochichando, ela olha para mim e diz:

— Achei que o tio Rafa tinha tirado seu cartão.

— Tirou, mas não tirou o da vaca da Denise. — Dou uma piscadela e ela fica assustada. — Fica tranquila, isso não vai dar em nada.

— Vih, acho que você está passando dos limites.

— Blá-blá-blá... — balbucio, fazendo careta — Até você?

Coloco a senha e logo uma linda mensagem aparece no visor: *aprovado*. Denise é tão previsível. Claro que a senha dela ia ser a data do aniversário do meu pai. Urgh. Que mulherzinha mais cafona e sem criatividade, credo. Isso explica o porquê do último personal stylist ter desistido do trabalho, mesmo ganhando cinco dígitos mensais para tentar dar algum estilo para aquela coisa ensossa. Minha mãe e Coco Chanel devem se revirar no caixão a cada vez que Denise assassina a moda.

Minha madrasta não combina em absolutamente nada comigo. E não digo isso apenas pelo fato de ela não saber se vestir, mas porque ela é uma tremenda sonsa, sem personalidade alguma. É inacreditável que meu pai, um cara que teve minha mãe como esposa por mais de doze anos, tenha se contentado com tão pouco depois da partida dela.

Desde que Denise entrou para a família, há quase dois anos, as coisas começaram a desandar bastante. Primeiro porque a forma como tudo aconteceu foi ridícula. Meu pai era basicamente o sonho de toda mulher: bonito, sarado, inteligente, rico e dono da maior franquia de shoppings de São Paulo. Poderia se relacionar com qualquer pessoa que quisesse. Só que, assim como acontece na fantasia de toda mulher, ele resolveu se envolver com a secretária. Secretária essa que, por acaso, me tratava como uma filha e que eu costumava amar. Hoje, detesto.

Ela foi sórdida, dissimulada e asquerosa. Durante todos os anos me tratou bem e com amor, mas tinha um único objetivo em mente: fazer com que meu pai se apaixonasse por ela. Agora os dois estão juntos oficialmente e, além de eu ter perdido minha mãe e nem receber mais tanta atenção do meu pai como gostaria, de quebra ganhei uma inimiga que compete comigo a todo instante. *Parabéns, Victória, os humilhados seguem sendo humilhados.*

---

Entro em casa pela porta dos fundos e logo subo as escadas. Júlia vem atrás de mim, me acobertando. Tranco a porta do quarto e só relaxo quando saímos da zona de risco, abrindo as sacolas. Não tem sido fácil ter que fazer tudo escondido para ter um pouco de paz.

— Você sabe que uma hora ela vai ver que você comprou alguma coisa. Vai aparecer na fatura... — minha prima começa a dizer, soltando o ar dos pulmões com a adrenalina.

— E eu vou negar até o fim — digo, mostrando a língua. — O que mais me deixa feliz agora é saber que tenho um vestido novo e que não vai dar tempo de ela me imitar.

— Ainda estou chocada que ela tenha feito luzes com seu cabeleireiro.

— Tá aí uma coisa que deveria ser colocada no código de ética dos salões de beleza. — Faço uma cara de ofensa. — Ele ainda me disse que ela mostrou uma foto minha como referência.

— Isso é coisa de psicopata — Júlia diz, eu concordo e gargalhamos juntas. — Mas, sério, você não acha que ela faz isso como uma forma de buscar sua aprovação?

— Júlia, você é fã ou hater? — Encaro minha melhor amiga, perplexa. — Ela é uma sonsa, quer fazer isso para me atingir.

— Estava conversando com a minha mãe outro dia e ela acha que talvez sua madrasta faça essas coisas como uma tentativa de aproximação.

Suspiro profundamente, esgotada, e me afundo nos travesseiros da minha cama. Penso em não responder minha prima, afinal já estou cansada de todos ao meu redor defenderem Denise a todo custo. Dá pra ver que a família inteira começou a aceitá-la e agora duvidam de mim.

Uma ruga de insatisfação surge no meio da testa dela, esperando por uma resposta minha. Esse assunto é difícil demais e não queria ter que falar sobre isso antes de um dia especial, mas não estou mais aguentando.

— Sua mãe anda gostando dela? — Torço para que a resposta seja negativa.

— Gostar é uma palavra forte... — ela responde com um azedume que recai sobre as palavras. — Mas digamos que elas têm aprendido a conviver bem.

— Como assim "bem"?

Ela fica em silêncio por alguns segundos, sem dúvidas pensando no quanto deve me contar sem correr o risco de criar a próxima guerra fria. Minha relação com Denise tem passado por uma fase aguda daquelas.

— Mamãe convidou Denise para ir com a gente para a casa na serra no final de semana que vem.

— Oi? — Meu rosto empalidece. — Você não vai nisso, né?

— Pensei que poderíamos ir juntas.

— Nem ferrando.

É só o que ela precisa dizer para me fazer ter um novo surto. Me levanto impaciente e vou até o closet pra fugir disso tudo. Minha prima vem atrás.

— Vih, eles já estão juntos há bastante tempo. Ela me trata bem.

Sua voz rouca me causa arrepios. Não acredito que também fui traída pela minha prima-irmã e melhor amiga. A única pessoa da família (tirando eu) que tinha neurônios o suficiente para entender que aquela situação não era coisa boa. Inacreditável o poder que Denise tem de seduzir todas as pessoas. Essa mulher precisa ser interditada. Não sei qual é o plano dela, nem se existe um plano por trás disso ou se ela é só maluca mesmo, mas estou cansada de todos a aceitarem e não enxergarem a alma suja que ela tem.

— A mulher me afasta do meu pai, copia todas as minhas roupas, pinta o cabelo igual ao meu, começa a jogar tênis depois que começo a fazer aula, compra as mesmas coisas que eu, ainda por cima é uma sonsa e vocês gostam dela? — grito o mais alto que consigo. — Ela só não dá em cima do Miguel porque ele é menor de idade e isso seria crime.

— De tudo o que você falou, eu só discordo da parte do seu pai, ela não te afastou dele. Vocês dois se distanciaram desde que a tia Lala morreu.

— Não acredito que você está me dizendo isso, Júlia — respondo, decepcionada. — Pode ir embora.

— Como assim ir embora? E o seu aniversário? Pensei que fôssemos nos arrumar juntas.

— Vai lá se arrumar com a Denise. Pede pra ela fazer babyliss em você e delineado invertido. — Mostro o dedo do meio.

Júlia me lança um olhar desapontado e sai do meu quarto batendo a porta.

Eu me jogo novamente na cama, mas, antes mesmo que consiga começar a chorar, Júlia volta para uma revanche.

— Tô começando a achar que você é a psicopata da história. Não dá nenhuma chance pra ela e cria suas próprias paranoias.

Então ela bate a porta pela última vez e fico isolada, como de costume. Já aprendi a conviver com meu próprio sofrimento. Ultimamente, só eu sou capaz de me consolar.

Ninguém nunca vai saber as dores que sinto e os anseios que tenho, e eu mesma sou incapaz de traduzi-las para os outros. Por isso, só por isso, em alguns momentos prefiro sofrer calada e no meu cantinho. Assim, ninguém enche meu saco por dar uma dimensão absurda para algo que provavelmente não tem relevância alguma. Só que, para mim, as coisas são grandes assim mesmo.

*Só as dramáticas online.*

## CAPÍTULO 2

São quase oito da noite, o que significa que preciso me arrumar para o jantar de aniversário se não quiser perder a reserva no Makoto, um restaurante japonês no bairro do Itaim Bibi, em São Paulo.

Sempre peço sashimi de *toro* com *spicy* edamame, o prato preferido da minha mãe nesse restaurante. Só que não encontro forças para me levantar, já que estou chorando em posição fetal desde a hora em que Júlia saiu daqui. Inferno astral, você pegou pesado dessa vez.

Tenho certeza de que meu cabelo está uma bagunça, meus olhos estão inchados e meu nariz todo vermelho. Para completar, Athos, meu cachorro, deixou pelos por todo o meu quarto.

É incrível o quanto uma mãe faz falta. Se mamãe estivesse aqui, nada disso estaria acontecendo. Sinto tanta saudade dela... já faz seis anos, mas não existe um dia sequer que eu não me lembre de seu cheiro e do quanto ela era especial.

Perder a mãe é sentir todos os dias que uma parte de você foi enterrada e que existe um espaço vazio que jamais será completado. Desde o dia em que ela partiu, nunca consegui comemorar um aniversário. Ano passado tentei arduamente, mas foi logo quando descobri que meu pai e Denise estavam juntos e tudo foi por água abaixo.

Esse ano, tinha jurado para mim e para a alma da minha mãe que iria fazer uma comemoração digna, como se ela ainda estivesse aqui. Preparei tudo para que fosse especial, mas meu pai começou a implicar com as coisas e não teve a mesma emoção. E agora, pra piorar, eu nem sei se vou comemorar. Todos sumiram.

    O clima frio do inverno me faz fechar as janelas do quarto e ligar meu aquecedor.

    Coloco o álbum *Midnights*, da Taylor Swift (um dos meus favoritos dos últimos tempos) pra tocar na minha caixa de som JBL. Meus tímpanos já estão quase estourando com o volume. Athos não para de latir, deve estar doido para sair e fazer xixi, mas não quero ter que ficar sozinha.

    — Ei, amigão, segura aí! — imploro, como se ele pudesse entender. — Não quero socializar.

    Quando enfim alguém aparece batendo na porta, salto depressa da cama e escondo as sacolas. Abro a porta e é meu pai.

    Ele está usando um lindo suéter da Gucci, com o cabelo penteado para trás. Meu pai é extremamente charmoso e, pelo menos nisso, preciso admitir que minha madrasta teve bom gosto. A expressão em seu rosto é tranquila, algo raro de se ver. Sinto que meu pai vive tenso boa parte do dia. Ele me abraça apertado e acho que enfim se lembrou de que temos um motivo para celebrar.

    — Não vamos jantar? — ele fala de forma branda.

    — Júlia foi embora sem falar comigo, você não falou nada o dia inteiro... — amenizo o tom de voz. — Pensei que não fôssemos mais.

    — Denise combinou tudo com você ontem, filha. — Ele sorri ao falar da megera.

    — Eu já te disse que não quero comemorar com ela.

    Dou as costas para ele com ferocidade e volto para a cama.

    — Vamos logo. — Ele engrossa a voz, o que me causa calafrios.

    Ele passa a mão na barba, e percebo que está tentando segurar a chateação. Poucas vezes na vida eu o vi perder a cabeça e, nas vezes em que vi, sempre foram comigo. Mesmo assim, insisto:

    — Não vou.

    — Victoria, para de ser cabeça-dura e vamos — ele insiste.

— Já disse que com a Denise não vou. — Fecho a cara.

— Então vamos lá para baixo para pegar seu presente, já que não vamos mais jantar.

Reviro o olho sem paciência, mas, já que não vou comer sashimi de *bluefin*, pelo menos quero desembrulhar um laço de presente.

Eu me olho no espelho e noto que estou usando uma camisa furada, mas, como hoje é sábado e estou na minha própria casa, vou exercer o meu direito de ser feia em paz.

Passamos pela sala ampla e chegamos no jardim, que está lotado. Antes mesmo que eu consiga processar o que está acontecendo (e pensar na minha roupa horrorosa), sou instintivamente consumida pela vergonha.

— Surpresa! — todos gritam e começam a cantar parabéns em uníssono.

Em um primeiro momento, só consigo enxergar minha família e a ridícula da Denise. Só que, quando tomo coragem de girar o rosto levemente para a direita, percebo que a escola inteira está aqui, e eu quase nem falo com nenhuma dessas pessoas. Não só o pessoal da escola como a galera do Esporte Clube Pinheiros também estão aqui. Socorro, Miguel está aqui. Estamos quase namorando. *Inacreditável*. Eu estou de short de lycra e blusa furada, e meu cabelo está tão oleoso que seria possível fritar um pastel do Mercadão de São Paulo.

Quando a tortura finalmente termina, minha prima grita:

— Feliz aniversário, Vih!

Júlia está sorrindo amarelo, acho que por ter notado meu desconforto, e me puxa para dentro de casa.

— Eu não estou acreditando nisso. Quem teve essa ideia péssima? — pergunto, chocada.

— É... então... foi a... — Minha prima se perde nas palavras e, antes que consiga concluir, Denise se aproxima com a maior cara lavada. Deus me ajude. Engulo em seco e finjo não me abalar por toda essa situação.

— Te achei, Vih! Por que você não vai lá pra cima se arrumar para o seu dia? — Minha madrasta levanta a sobrancelha e me examina como se fosse referência em algo.

— Foi você a responsável por tudo isso? — falo entre dentes, tentando ser discreta.

— Espero que tenha gostado! Seu pai disse que sua mãe sempre quis planejar algo assim pra você.

Nego com a cabeça. Não acredito que essa doente quer imitar minha mãe também. Considero encaminhar a candidatura de Denise para algum desses reality shows sobre psicopatas que convivem em sociedade livremente.

— Qual é o seu problema, Denise? — Ela se esquiva, fingindo não perceber meu descontentamento. — Por que você quer tanto agradar?

Ela dá de ombros, sem se incomodar, e sobe as enormes escadas até o segundo andar para manter a pose de "boadrasta" na frente dos convidados. Só que eu já estou esgotada e não tenho mais nada a perder. Sigo ela até ficarmos apenas nós duas no patamar.

— Você queria que eu aparecesse assim na frente dos meus convidados? Essa era a sua surpresa? — concluo sem hesitação. — Surpreender a todos com a minha feiura?

— Para de bobagem, você jamais será feia. Mas era pra você ter aparecido mais arrumada, Vih. Não sabia que estaria assim. — Ela aponta com um sorriso travesso e sinto vontade de socar aquela cara dela. — Você inclusive usou meu cartão hoje, né?

— Seu cartão? — debocho. — O cartão que meu pai te deu.

— Sim, sim — ela confirma. — Não se preocupa, não vou contar pra ele. Vai logo, veste um dos vestidos que comprou e fique linda. Estaremos esperando por você aqui embaixo.

*Insuportável.* Penso, sentindo todo o restante de humor que habitava em meu corpo se esvair. No meio de toda a confusão, um detalhe importante tinha me escapado: a safada está usando um vestido rosa quase idêntico ao que comprei hoje mais cedo.

— Você anda me espionando? — Tenho um sobressalto quando olho pra baixo e vejo o tema da festa. — Você está de rosa-choque e a festa é cor-de-rosa.

Minha madrasta respira fundo. É o tempo de que ela precisa para pensar em uma resposta perfeitamente dissimulada, como tudo o que faz na vida. Calculista.

— Aquela marca que você adora lançou uma coleção cor-de-rosa, esqueci o nome.

— Valentino — digo secamente.

— Isso, eu ia falar Gucci.

— Não lançaram apenas uma coleção, recriaram uma cor com a Pantone. Em que mundo você vive? — Olho para ela, incrédula.

— O vestido que você comprou sem dúvidas é rosa. É a sua cor preferida. — A voz dela soa doce. — Vai ser bacana irmos iguais, como se fôssemos mãe e filha.

Minha respiração fica presa na garganta.

Fuzilo-a com o olhar. Como ela consegue cogitar essa possibilidade? Antes que eu possa responder à altura, Júlia aparece gélida tentando impedir que o pior aconteça.

— Vih, tem aquele outro vestido, o florido... vamos. — Ela deve ter ouvido toda a nossa conversa e percebido os absurdos que Denise falou.

— Nem pensar — digo. — Essa maluca acha que manda em alguma coisa? Denise, eu jamais vou gostar de você. Não adianta você preparar festa, deixar eu usar seu cartão, tentar ter uma boa relação comigo. Eu sei quem você é. — Minha voz treme com as lágrimas que tento segurar. — Você pode fazer o que quiser, mas eu nunca vou te engolir. Você nunca vai ser ou chegar perto de ser a minha mãe, nem de ser o que é esperado de uma mãe. Entendeu?

Denise cai no choro e, por um momento, penso que talvez tenha pegado pesado demais. *Droga!*

Sinto um tapinha nas costas quando minha prima me atinge para chamar atenção e percebo a presença do meu pai. Ele me encara com os olhos vermelho-sangue. Parece até estar fantasiado de algum vampiro ou assassino de filme de terror. É claro que Denise não dá ponto sem nó.

— Maria Victória Machado Guimarães — ele diz, a voz trovejando. — Você está de castigo!

— Rafael... — a voz doce da boazinha Denise ressurge. — Deixa ela comemorar o aniversário, amanhã vemos isso.

— Não, Denise! — anuncia papai. — Ela vai entender o que a palavra "limite" significa a partir de agora.

— Gostaria de deixar registrado que considero esse diálogo impróprio para o momento atual — diz tia Silvia, que aparece tentando acalmar os ânimos. — Temos uma festa acontecendo ali embaixo.

Viro as costas e saio do corredor sem nem pensar duas vezes.

— Quieta, Silvia! — diz meu pai. — Não existe mais motivo para a Maria Victória ser tão malcriada e não ter limites.

A irritação do meu pai me faz avançar de novo. Claro que ele vai começar a fazer aquele discursinho machista por acreditar que minha mãe sempre me deixou fazer tudo o que eu quisesse. Mas eu não admito que ele critique a educação que ela me deu.

— Vai, defende a sua mulherzinha, como você sempre faz — afirmo com a voz já irritada, porque não consigo aceitar a ideia de ele sempre colocá-la acima de mim. — Vou amar passar meu aniversário no meu quarto.

— Pois passe arrumando as malas. Amanhã você vai sair daqui.

Meu coração quase salta pela boca. O cenário, que já era bastante humilhante, parece ter piorado. O que vai acontecer? Estou sendo expulsa de casa e vou precisar buscar abrigo na casa de alguém? Isso só pode ser uma piada.

— E quais são seus planos, papai querido? Vai me botar num abrigo, orfanato ou algo do tipo?

— Você vai amanhã mesmo para um internato fora do Brasil, Maria Victória. — Ele continua me encarando. — E se acha que isso vai ser tipo um intercâmbio ou umas férias em Courchevel, está muito enganada.

Estremeço quando ele sai andando sem falar mais nada. Denise corre atrás dele sem reação e fico na companhia de Júlia e tia Silvia, que estão tão chocadas quanto eu. É oficial: estou sendo deserdada. Seria cômico se não fosse trágico.

## CAPÍTULO 3

— Anda, pula logo, gatinha!

— Não quero ter uma fratura exposta, Miguel! — Tento falar o mais alto que consigo enquanto me jogo de uma altura de três metros.

— Viu? Eu falei que ia te segurar. — Ele crava um selinho em meus lábios.

— Estou me sentindo como naqueles filmes de Hollywood, fugindo pra namorar.

Digo a palavra proibida e torço para que a gente não entre nesse debate de novo. Estamos ficando há três meses e as coisas têm sido um pouco intensas demais por aqui. Só que ainda não rolou nenhum pedido oficial de namoro e fico me perguntando o que está faltando.

Ele sempre fala sobre relacionamento sério e até mesmo casamento. Já planejamos a nossa vida inteira. Sim, ele é virginiano, e isso explica muita coisa. Miguel é um ano mais velho que eu e está cursando o pré-vestibular para entrar no Instituto Tecnológico de Aeronáutica (ITA), então tem que se dedicar muito. Estamos tentando administrar tudo, mas tem sido praticamente impossível conciliar nossas agendas.

Gosto tanto dele que chega a doer. Consigo olhar pra ele e enxergar o homem da minha vida. Sei que tenho só dezesseis anos e isso parece um sonho, mas todas as vezes que salvei vestidos de noiva na minha aba do Pinterest os noivos eram parecidos com ele. Alto, cabelo castanho-escuro, porte atlético, sorriso envolvente e cheiro de lavanda.

E, pra completar o combo ideal, Miguel ainda é inteligente, carinhoso e beija bem. É como se fôssemos a versão melhorada e não tóxica de Chuck e Blair, de *Gossip Girl*. Eu vou estudar moda e ele vai trabalhar no mercado financeiro. Existe algo mais incrível do que isso para o nosso futuro? Podemos morar em um apartamento no bairro Vila Nova Conceição com um lulu-da-pomerânia e três filhos.

— Será que você vai mesmo pra esse internato? Seu pai não faria isso com a gente — protesta ele.

— É, conhecendo o gênio do meu pai, ele não está nem um pouquinho preocupado com você. — Quero rir, mas acho que ele pode ficar chateado.

— Quando você vai me apresentar pra ele? — A voz dele é doce e delicada. — Preciso conhecer meu sogro.

— Nunca sei quando você fala sério ou está brincando.

— Você sabe que vamos namorar, por mais que não estejamos namorando agora. — Ele me puxa para mais perto e me envolve em seus braços. — Além disso, eu tenho uma boa teoria.

— Ah, é? E qual é? — respondo, entrando na brincadeira.

— Ou você vai ser a mulher da minha vida, ou vai ser minha motivação para a academia pelos próximos seis meses.

Essa é a cantada mais heterotop que já recebi em toda a minha vida, e ainda assim consigo achar a coisa mais fofa que existe. Fico corada imediatamente porque não sou boa em receber elogios. Meu ascendente é câncer, ou seja, sou um pouco iludida no quesito relacionamentos, mas meu sol é em leão, portanto preciso manter a pose de marrenta.

— Para de brincar com o meu psicológico, gatinho! — As palavras saem em tom de brincadeira, apesar do fundo de verdade.

— Tem sido complicado lidar com a cobrança pra entrar pra faculdade, linda, mas garanto que quando tudo isso passar...

— Vamos namorar. — Eu o interrompo em alto e bom som.

— Ué, vamos. — Ele fita meus olhos e, finalmente, nos beijamos.

Sinto um frio na barriga sempre que nossas línguas se encontram e nosso abraço encaixa. É como se meu coração acelerasse tanto que seria possível ter uma parada cardíaca. Mas minha psicóloga já me disse que isso pode ser só uma crise de ansiedade causada por toda a insegurança que envolve estar com ele. Estamos namorando ou não? Iremos namorar algum dia? Ele me ama?

São promessas e apenas promessas. Não sei como será o dia de amanhã. Em um dia tenho certeza de que estamos caminhando para algo maior. Em outros, parece que somos apenas dois estranhos. Não sei. A sensação que me dá é que busco a validação dele o tempo inteiro. Talvez seja apenas a pressão do vestibular, e eu sei que não tenho como cobrar nada maior dele neste momento. Mas também pode ser que ele esteja só me *cozinhando* por tempo indeterminado e eu esteja presa a um psicopata que gosta de me iludir a todo instante.

Não tenho muita vivência no quesito vida amorosa, mas leio muitos livros de autoajuda, e todos eles falam de um ponto em comum. As mulheres sempre se deixam levar a troco de palavras bonitas de afirmação. Só que palavras se tornam vazias quando não vêm acompanhadas de atitudes que possibilitem que acreditemos que elas sejam verdade. Acho lindo tudo que ele me fala, mas não sei até que ponto será capaz de cumprir o que joga ao vento. E isso me causa uma angústia profunda.

Depois que nosso abraço termina, voltamos a falar sobre a crise do momento.

— Você sabe alguma coisa desse internato? — pergunta ele, frustrado. — Por quanto tempo você vai ficar lá, onde é ou coisa do tipo?

— Só sei que fica na França. — Preciso de um esforço imenso pra não começar a chorar, o medo me invadindo subitamente. — Mas isso deve ser apenas uma ameaça. Meu pai não faria isso comigo.

*Eu espero.*

— Você sabe que, se for verdade, as coisas vão ficar bem complicadas, né? — ele diz, com uma expressão triste.

— As coisas já estão bem complicadas, Miguel. É praticamente impossível complicar mais do que isso. A gente já se vê pouco, você fica no cursinho quase que em tempo integral. Quando está livre, fica na academia.... Não nos vemos com frequência e, pra completar, meu aniversário é daqui a poucos minutos e eu não vou sequer comemorar.

— Eu trouxe algo pra você.

Minha visão fica nebulosa quando vejo a caixa azul Tiffany que ele está segurando. Sou muito nova para ser pedida em casamento e não acredito que ele vá me pedir em namoro com um anel Tiffany Harmony. Isso elevaria muito os padrões de ficante e seria difícil substituir caso a gente terminasse.

— O que é isso? — pergunto curiosa antes de abrir.

— Seu presente de aniversário.

Respiro aliviada, mas um pouco chateada também. É um colar.

— É lindo — digo, admirando enquanto seu olhar sedutor se volta para os meus lábios. — Coloca em mim?

Ele abre o fecho e passa o cordão pelo meu pescoço. Depois de pousá-lo em meu colo, deixa um beijo molhado por cima e vai subindo até minha bochecha. Me arrepio inteira até estarmos cara a cara. Nariz com nariz. Lábio com lábio.

— Sou apaixonado por você... — Tremo ao ouvir cada sílaba que sai da boca dele.

— E eu por você — retribuo, ainda que meu orgulho me consuma.

— Vai dar tudo certo, prometo. Seu aniversário ainda vai ser especial, princesa.

Miguel expira lentamente e segue me encarando com aquele olhar brilhante que só ele tem. Como posso duvidar que ele gosta de mim? Parece tão verdadeiro... só se ele for a pessoa mais dissimulada do mundo. Quase tão cruel quanto Denise. E basta pensar na megera para que ela se materialize.

Meus dedos tremem segurando a mão de Miguel quando percebo a presença de Denise na entrada de casa. Ela finge que não nos vê, mas por algum motivo meu protótipo de homem ideal acha que é conveniente cumprimentá-la.

— Senhora Denise! — exclama, e a minha vontade é dar um soco nas bolas dele. — Prazer, eu me chamo Miguel Dantas.

— Pode me chamar apenas de Denise, Miguel. — Ela sorri. — Você é amigo da Vih?

— Sou quase namorado.

Os olhos de Denise se arregalam com a resposta.

— E o que falta pra namorarem?

Pela primeira vez, minha madrasta dá uma bola dentro.

— Na verdade pouca coisa. É só que estou no cursinho pré-vestibular para entrar no ITA e...

— Chega. — Cerro os punhos e aperto os molares com força. — Já vou entrar, Denise, fique tranquila.

Antes que eu consiga entrar, um carro para em frente à minha casa.

— Ei, Miguel! Vamos, vai ter uma festa na casa da Bia Cavalcanti, já que essa daqui já era.

Bia Cavalcanti. Por que esse nome não me é estranho? Fico gelada quando lembro o porquê. Miguel já ficou com ela antes de começarmos a sair. Eu me lembro dos comentários de todo mundo a respeito, mas eles não deram certo por algum motivo que não me interessou. E logo hoje ele vai até a casa dela? Bem quando o meu mundo está desmoronando?

Abraço Miguel pela última vez. Não sei se meu pai está falando sério a respeito do internato, mas, se for verdade, devo embarcar pra França amanhã... e sem passagem de volta. Eu me aconchego nos braços musculosos dele e meus olhos ficam marejados, mas ele não me parece tão comovido. Fico surpresa com a facilidade com que nos despedimos, o que me deixa ainda mais tensa quando penso na relação que temos. Tem horas que sinto que somos tudo, tem horas que sinto que não somos nada. Derrotada, fico observando enquanto ele se afasta acenando e entra em um carro com os amigos.

Caminho em direção à porta e Denise a abre para mim. É difícil não revirar os olhos, mas me contenho, pois não tenho mais energia para nenhum tipo de discussão essa noite. Então o timbre rouco dela interrompe meus pensamentos.

— Você acha que ele gosta de você? — ela pergunta.

Prendo a respiração. Meu Deus, que teste é esse?

— Faz diferença na sua vida saber disso?

— Escuta, Vih, eu sou mais velha que você. Já vivi esse tipo de relacionamento. — Ela limpa a garganta. — Só não quero que você se machuque. Mas, caso aconteça, eu vou estar aqui para você.

Sinto um aperto doloroso no peito. Tenho pavor do instinto materno que Denise tenta acionar vez ou outra, mas algo me faz querer entender melhor os motivos pelos quais ela me fez essa pergunta.

— Por que você acha que ele não gosta de mim? — pergunto, desarmada.

— Só de observar as prioridades e o tempo de qualidade dele — responde ela, assertiva. — Ele não tem tempo pra namorar com você, mas pode ir pra uma festa com os amigos? Me parece extremamente suspeito.

— Ele estava aqui antes, isso não muda nada. — Tento driblar, mas também estou um pouco chateada com isso.

— Victória, quando uma pessoa ama a outra de verdade, ela dá um jeito.

— Assim como meu pai deu um jeito de se esquecer da minha mãe e começar uma nova vida com você? — alfineto, sem pensar duas vezes.

— Seu pai não se esqueceu e jamais será capaz de se esquecer da sua mãe, querida — suspira ela, lentamente, antes de recomeçar a falar. — Minha intenção não é substituí-la, estou apenas tentando ter uma boa convivência com você. Somos uma família.

Encaro Denise, me controlando para não explodir, mas sei que agora preciso ser madura o suficiente para ter essa conversa que estamos evitando há mais de um ano. Os músculos do meu rosto demonstram minha raiva, então tomo coragem e digo:

— Por que você me enganou? Eu confiei em você e cheguei a te amar, Denise. Eu me abri para você, falei de todas as minhas inseguranças. E aí você foi lá e usou tudo isso para seduzir o meu pai?

Cerro os punhos para controlar a raiva.

— Eu nunca seria capaz de usar isso pra seduzir seu pai, Victória. Eu só queria cuidar de você.

— Você poderia continuar cuidando de mim sem precisar transar com o meu pai! — resmungo.

— Aconteceu. Não consigo explicar, mas aconteceu. Sempre quis cuidar de vocês dois — responde ela, olhando tristemente para o chão.

— Jura? — pergunto, esperando que não dê pra perceber o ceticismo em meu rosto. — Então você poderia ter escolhido ser babá ao invés de namorada, não acha?

— A paixão simplesmente acontece e não há como controlar, quando você se apaixonar por alguém vai entender isso...

Ouço a voz da minha mãe soando dentro da minha cabeça. Ela costumava falar a mesma coisa. *Quando nos apaixonamos, nossa capacidade de entendimento fica prejudicada. Por isso, é preciso amar para entender os limites de uma relação.* Olho para Denise e me sinto sem forças. Então apenas me limito a subir as escadas até chegar ao meu quarto, apagar as luzes e celebrar meu novo ano isolada no meu lençol de mil fios.

## CAPÍTULO 4

Já me acostumei a discutir com o meu pai. A rotina é sempre a mesma. Ele fala um monte de bobagem, eu me tranco no quarto, ele vai atrás de mim, pede desculpas e o ciclo se repete. O de sempre. Normalmente nossas brigas não duram mais do que dois dias, então não me desespero. A única coisa que me intriga é que um internato nunca tinha sido colocado na pauta.

Acordo no dia seguinte com as malas jogadas no chão e meia dúzia de roupas colocadas dentro dela. Patético. Eu realmente achei que ele estivesse falando sério, então embarquei naquele drama no maior estilo leonina. Só que hoje é meu aniversário e quero almoçar no brunch do La Tambouille com tia Silvia e Júlia. É uma tradição de aniversário que nunca quebrei. Gosto de pedir as lagostas à *thermidor* com o fettuccine da casa. Já Júlia se delicia com um bom *steak tartare*. Por fim pedimos nossos profiteroles, que são tão bons que me dão arrepios só de lembrar.

Enquanto decido qual sapato vou usar, ouço uma comoção lá embaixo. Não nego minha felicidade. Claro que meu pai percebeu a atrocidade que estava fazendo e agora vai expulsar Denise de casa. Obrigada pelo presente de aniversário, Deus. Você tardou, mas nunca falhou.

Não odiava minha madrasta. Pra falar a verdade, antes dela se tornar minha madrasta, eu a amava. Mas hoje percebo que ela conseguiu me enganar logo nos primeiros momentos. Fingia que éramos amigas. Ia assistir às minhas apresentações no colégio no lugar do meu pai. Participava das reuniões quando ele não podia ir, ou seja, sempre. Me aconselhava quando brigávamos. Interpretava um ótimo papel de boa pessoa.

Só que depois descobri que eles já estavam juntos havia meses e nunca tinham me dito. Ou seja, ela só fazia isso para tentar ocupar o lugar da minha mãe, lugar esse que nunca foi substituído por ninguém. Não sou contra meu pai se relacionar, mas sou contra ter alguém querendo imitar minha mãe o tempo todo. Denise costumava me perguntar intimidades da minha mãe, e eu ingenuamente contava tudo. Achei que fosse interesse, mas depois percebi que ela só queria ser igual a ela para fazer meu pai se apaixonar. Ela foi baixa. Muito baixa.

Termino de pentear os cabelos e, antes de ter a oportunidade de abrir a porta, sou interrompida pela presença do meu pai. É agora. Ele vai me dizer que mandou Denise embora e vamos começar todo aquele choro de reconciliação de pai e filha. Poderíamos inclusive estar numa cena da próxima temporada da série *This is us*.

— Onde você pensa que vai? — Ele me analisa sem paciência.

— Eu preferiria que você dissesse "feliz aniversário, meu amor", papai. — Sorrio, animada. — Mas tudo bem, vou te perdoar pelo show de ontem.

Ele passa por mim e vê as malas jogadas no chão.

— Não terminou de arrumar as malas?

— Não? Para quê? — Devolvo a pergunta, sem saber muito o que isso significa.

— Eu estava falando sério ontem, Maria Victória. Seu voo sai hoje às 23h55. Espero que termine de fazê-las até lá.

— Oi? Você não falou sério, né? — questiono, notando que tudo ainda está confuso demais.

— Sim. Você vai para um internato na França. Hoje. Sem discussões. Não precisa nem tentar me convencer do contrário.

Congelo, perplexa. O que está acontecendo aqui? Alguém me acorda desse pesadelo. Eu francamente não sei quem é o roteirista desse novo episódio da minha vida, mas sugiro que mude o enredo se quiser que eu me mantenha sã até o final dessa temporada.

— Pai, você bebeu muito vinho ontem? Está de ressaca? — Saio andando impaciente, mas ele me puxa pelo braço.

— Victória, você vai arrumar essas malas agora.

— De onde você tirou essa ideia? — Encaro seu rosto, quase fuzilando-o. — Ah, espera, não foi ideia sua, né? Foi da Denise.

— Foi dela mesmo.

— Eu sabia. — Bato com o pé no chão.

— Sorte sua que ela me convenceu a te deixar ir para um ótimo internato em Tours, na França, e não uma escola qualquer no interior de algum país remoto na Europa. — A voz dele fica mais suave. — Você pode até não perceber, mas ela gosta de você. E você nem ao menos se esforça pra tratá-la bem.

— Ah, pobre coitada. Tão maltratada pela enteada que resolveu mandar ela para um *internato* bem longe. Poupe-me, pai — digo, de supetão.

— Eu não vou mais discutir, Maria Victória. Aguardo você à noite para levá-la ao aeroporto. Está decidido.

Uma sombra encobre seu rosto quando ele bate a porta do quarto com força. Todos os móveis tremem, e eu também.

Espremo os olhos na tentativa de segurar as lágrimas. Estou sendo deserdada mesmo, é isso que está acontecendo. Minha boca está seca e sinto um gosto amargo na língua. Mãe, queria tanto você aqui. Isso jamais estaria acontecendo.

Conheço meus limites, sei que fui impulsiva e maldosa com Denise. Só que ela me tira do sério. Desde que chegou, preciso competir pela atenção do meu pai. Ela nem precisa se esforçar. É como se ela fosse a caixa de chocolates e eu o chiclete velho esquecido no fundo da bolsa.

Pego o telefone e escrevo uma mensagem para minha prima em meio ao choro. É até difícil digitar nesse momento, já que a tela do meu iPhone fica encharcada.

> **Victória:** Ei, parece que estou mesmo de mudança para a França, então os planos para o brunch estão cancelados. Pode vir me ajudar a arrumar as malas?

> **Júlia:** Não acredito!!! Chego em cinco minutos.

E eu não sei como, mas ela conseguiu chegar em apenas dois minutos. Somos vizinhas desde que mamãe morreu. Tia Silvia, irmã do meu pai, mudou-se para o mesmo condomínio em que nós moramos no Morumbi. No início o luto foi difícil, meu pai não conseguia nem olhar para mim sem se debulhar em lágrimas. Ele costumava falar que sou a cópia perfeita da minha mãe. Tia Silvia, então, ficou responsável por ajudá-lo em tudo, e desempenhou essa função com maestria.

O plano inicial era que elas se mudassem para cá de forma temporária, até as coisas se acalmarem. Mas ficou impossível afastar eu e a Júlia. Viramos inseparáveis, e eu a considero a irmã que infelizmente nunca cheguei a ter.

— Ei, pelo menos você está indo para a França. Você sempre quis conhecer lá, não é? — Ela tenta procurar um lado positivo na história enquanto me ajuda a dobrar os casacos. — Tours fica a duas horas de Paris, eu conferi no Google Maps.

— É, mas queria ter visitado a França com a minha mãe, e não sendo expulsa de casa... — Dou risada, mas logo em seguida começa uma crise de choro.

Sempre sonhei em conhecer Paris. Era a cidade preferida da minha mãe. Ela e papai sempre iam em maio, na primavera, e passavam quinze dias viajando. Como eu era pequena, nunca me levaram, falavam que eu ainda não conseguiria enxergar a magia parisiense. De tanto eu insistir e implorar para que me levassem, eles toparam, e seria a minha viagem de aniversário de dez anos. Mas minha mãe nunca chegou a me ver fazer dez anos.

Meu pai, obviamente, nunca mais conseguiu ir para a França. Já eu? Fiquei ensaiando todos esses anos o momento no qual iria conhecer a cidade preferida da minha mãe. Infelizmente, vai ser da pior maneira.

— Pelo menos você está sendo expulsa pra França, sabe? — Ela enxuga meu rosto. — Pensa em todo *pain au chocolat* que você vai poder comer, em todas as visitas que vai fazer ao Louvre e à Champs-Élysées e em todas as bolsas de estilistas famosos que vai poder comprar.

— Não tinha parado pra pensar nisso... — Uma sensação dentro de mim consegue me fazer sentir um fiapo de energia boa. — Talvez eu até consiga ir em alguma semana de moda... e imagina comer crepe de rua?

— E você *precisa* ir no ateliê novo da Dior. Viu o último post deles no Instagram? — acrescenta minha prima, aos risos, colocando todas as botas do meu guarda-roupa dentro da mala.

Esse internato está começando a me parecer mais interessante. Apesar de ser um internato na teoria, não devo de fato ficar cem por cento do tempo dentro da escola, não é? *Eu espero.* Até porque meus planos de desbravar Paris e visitar todos os lugares de que mamãe sempre me falou começam a soar como uma esperança em meio ao caos.

Não sei qual foi a ideia de punição do meu pai e se ele pensou que iria me fazer sofrer me enviando para a cidade do amor, mas, sem dúvidas, ele deu uma tremenda bola fora. Rio sozinha pensando que tipo de castigo maravilhoso é esse. Se soubesse que humilhar a Denise iria me levar a conhecer o lugar com que mais sonho no mundo, teria feito isso há mais tempo e mais vezes.

Mas meus pensamentos são interrompidos quando ouço mais uma discussão lá fora. Dessa vez, posso ouvir com clareza meu nome sendo mencionado em toda a confusão. Rapidamente eu e Júlia nos olhamos e saímos correndo para trás do pilar que fica próximo da escada. Ele permite uma visão periférica do escritório do meu pai e nos esconde de quem estiver lá dentro. Claro que a conversa do papai é com a minha madrasta. Eu só queria saber o motivo...

— Rafael, ela só tem dezesseis anos! — murmura Denise em tom de súplica. — Eu não liguei para o que ela disse, por que você precisa se importar tanto?

— Isso porque você é uma pessoa boa, meu amor. — Quase vomito com a falsa inocência que ouço na voz do meu pai. — E isso que estou fazendo não é apenas por você. Victória está perdida na vida. Precisa entrar na linha.

— É compreensível, ela perdeu a mãe muito jovem. Quero tentar dar um suporte. — E mais uma vez, Denise quer cumprir um papel que não cabe a ela. *Argh*.

— Denise, amor, me escuta. Já está tudo resolvido. Ela vai para a França. Não sei por quanto tempo, mas vai ser o suficiente pra ela entender que existem limites. E também vai ser um bom momento para decidirmos sobre o nosso futuro...

Olho para minha prima, que parece tão perdida quanto eu nessa história. Que futuro meu pai está planejando e por que não me incluiu nele?

— Com Victória longe, vamos poder considerar melhor a ideia da nossa família. Você vai conseguir ficar mais tranquila e relaxada durante o tratamento.

— Denise está doente? — cochicha minha prima, e eu nego com a cabeça.

— Você sabe que não vai adiantar — lamenta Denise, e parece começar a chorar.

— Como não? Você é jovem. — Meu pai a abraça.

— Meu Deus, ela deve estar com câncer, Vih. Você xingou uma pessoa com câncer — resmunga Júlia, desesperada, me contagiando com o sentimento. — Sabe que isso é considerado crime inafiançável, né? Você vai se sentar direto do lado do capeta no inferno.

— Ela não está com câncer, sua doida, para de me deixar com remorso — murmuro, e volto minha atenção para o que está sendo dito por eles.

— Já faz tempo que tudo aquilo aconteceu. Podemos ir para os Estados Unidos tentar métodos novos. Você vai realizar seu sonho...

— Ai, merda! — falo alto demais.

As vozes param.

— Victória? — grita meu pai.

Não ouço o restante da frase, pois ficamos com medo de sermos pegas. Com uma agilidade impressionante, voltamos para o quarto, nervosas. Júlia está pálida feito um palmito em conserva e eu estou quase tendo um ataque cardíaco.

— Eles querem ter um filho — digo, andando pelo quarto sem parar. — Foi isso que eles falaram, eu sinto que foi.

— Ou então ela tem câncer terminal e você é uma tremenda babaca por ter tratado ela tão mal esse tempo todo. — Júlia arremessa uma almofada na minha cara e sinto uma pontada de dor.

Raciocino melhor. Afasto a cadeira e me sento devagar.

— Não é câncer — falo, pausadamente. — A Denise corre vinte e um quilômetros todos os dias, não teria como fazer isso com nenhuma doença terminal. É você que anda lendo muito John Green.

— E por que você acha que é um filho? — Ela se debruça na minha cama, esperando minha análise.

— Semana passada mesmo meu pai me perguntou se eu queria ter tido um irmão — respondo, e Júlia me observa com cara de espanto. — Denise tem trinta e oito anos e nenhum filho. Além disso, ela é superdistante da própria família, mas ama estar na presença da nossa. Desde que ela e meu pai começaram a namorar, ela parou de trabalhar. Ou seja, precisa ter alguma garantia de que não vai ficar na mão se esse relacionamento terminar.

Quando acabo de explicar tudo o que me ocorreu, Júlia parece ficar em dúvida.

— É uma boa teoria, mas por que ela precisaria de você longe para isso?

— Porque eu seria contra.

Baixo os olhos, triste. Ela sabe muito bem por que sou contra, sempre acompanhou de perto minha relação complicada com meu pai.

— Você não quer um irmão ou irmã? Eu amo bebês — exclama ela.

— Bebês não duram para sempre, sabe? Uma hora eles crescem. E tomam o seu lugar. E são só mais uma pessoa para dividir a atenção com meu pai — respondo, e me jogo na cama ao lado dela, afundando meu rosto no travesseiro.

— Você é a pessoa mais egoísta e ciumenta que eu conheço. — Júlia ri, mas falando sério.

— Direito meu — retruco, levantando o rosto do travesseiro e mostrando a língua. — Mas se eles precisam de tratamento para engravidar, é porque já vêm tentando há algum tempo. Ou seja, ela pode nunca conseguir.

— Que horror, Vih.

Inspiro algumas vezes antes de falar.

— Sei que parece que a megera sou eu, mas um filho significaria ter a Denise para sempre na minha vida e perder ainda mais meu pai, Júlia. Não quero isso de novo. Além disso, um irmão vai me fazer lembrar que...

Deixo a frase morrer, pois não consigo nem pronunciar a conclusão.

Só pensar na possibilidade de ter que dividir meu pai com mais alguém já me gera ansiedade. Implorar pela atenção dele todos esses anos tem sido fonte inesgotável de paranoias e tema de várias sessões de terapia. Então, complicar ainda mais essa situação com uma outra pessoa, mesmo que seja um irmão ou irmã, não me parece uma boa solução.

Minhas memórias na infância sempre foram ao lado da minha mãe. Papai sempre esteve ocupado trabalhando demais. Depois que ela se foi, ele se enfiou ainda mais nos negócios. Depois descobri o motivo. Ele transava com a secretária. Só que para uma criança que perdeu a mãe isso é motivo de cicatrizes profundas.

Quando pequena, sempre que me machucava, minha mãe costumava dizer que a dor do impacto nem sempre é a pior. Aquela dorzinha que fica ao longo dos dias até cicatrizar é a mais cruel. E tem sido assim durante todos esses anos. Quando minha mãe morreu, sofri muito, mas os dias subsequentes foram ainda piores. O sofrimento de perder alguém nunca vai embora. A gente só aprende a lidar e conviver com a falta.

## CAPÍTULO 5

*Toc.*
*Toc.*
*Toc!*

Tento me recompor e vou até a porta. Vejo que Júlia está guardando as últimas coisas dentro da mala quando sua mãe entra no quarto com os olhos marejados e um sorriso satisfeito.

— Querida, feliz aniversário... — diz ela, cortando a distância até a cama rapidamente e me envolvendo num abraço forte e caloroso. — Sei que não tem sido um aniversário igual ao que você queria, mas vai ter a chance de conhecer a cidade preferida da sua mãe.

— Sem ela... — deixo escapar.

— Ela estará com você em todos os momentos — ela responde, me apertando ainda mais. — E pense nisso como algo bom para o seu futuro! Vai aprender uma língua nova, fazer amizades...

— Ser expulsa de casa — completo, sem ânimo.

— Escuta, já colocou uma boina pra levar? — pergunta, mudando de assunto e abrindo um sorriso. — Você não pretende ir para a França sem uma boina, não é mesmo?

Tia Silvia parece animada. Percebo que está tentando analisar as coisas de outra perspectiva para mim em toda essa confusão, mas sem muito sucesso.

— Vih, será que dá tempo de ir no shopping comprar?

Júlia olha o relógio esperançosa e balança a cabeça.

— Acho que não...

— Mas deve ter alguma por aqui em algum lugar. Sua mãe tinha uma boina fantástica de *tweed* da Chanel. — Tia Silvia sai andando em direção ao antigo quarto dos meus pais, imparável. Normalmente nós nunca entramos lá. Gostamos de preservar as memórias e o cheiro exato de como ficou quando minha mãe se foi. É nossa forma de mantê-la com a gente. Apesar disso, nem eu nem meu pai quase nunca entramos naquele cômodo.

Minha tia começa a revirar as gavetas e o armário. Dou uma espiada por cima do ombro, pois não sou capaz de mexer em nada. Tenho medo de encontrar qualquer coisa que me faça chorar sem parar. Só que quem estou tentando enganar? Eu já estou me sentindo péssima, o que poderia piorar?

Decido ajudar minha tia na procura. A cada memória, meu coração se enche de mais saudade, e fica difícil olhar para tudo aquilo sem se emocionar. É então que, mexendo em uma das gavetas, lá está. Encontro a tal boina de *tweed* da Chanel.

— Essa aqui? — Agarro, levantando para que ela possa ver.

— Essa mesmo! — Ela sorri emocionada. — Sua mãe sempre a levava para Paris.

— Eu lembro disso... — Júlia também fica com a voz embargada, a emoção correndo solta. — Espera... tinha um blazer que combinava com ela, vocês se lembram?

— Nossa, é verdade! — Fico mais entusiasmada. — Vamos procurar, deve estar por aqui.

Imploro para encontrar, mas já estamos há quase quinze minutos caçando e nada. Queria tanto reproduzir a mesma foto que meu pai tirou dela em frente à Torre Eiffel segurando um crepe de Nutella. Eu tinha que achar rápido, pois já estava quase na hora de ir para o aeroporto.

De repente, levo um susto com um grito agudo de Júlia, que está com a boca aberta como se tivesse acabado de ver uma assombração. Quando olho para ela, vejo que está apenas segurando um diário.

Não lembro de ver minha mãe escrevendo diário algum. Só que nas viagens ela sempre montava um caderno com dicas de lugares no estilo mais cuidadoso que poderia fazer. Será que esse era um daqueles?

— É um diário de viagem... — diz minha tia, com uma estranha urgência na voz. — Lala era muito dedicada, com certeza deve ter sido da última que fez. Vamos abrir.

Pisco algumas vezes sem acreditar no que estava vendo. Até que minha boca se abre e fico nervosa ao ler. *Paris, maio de 2009.* A última viagem da mamãe pra Paris foi naquele ano.

—Se você precisava de um sinal para saber que ela vai estar com você... — A voz de tia Silvia fica embargada. — Bom, agora você já tem.

Abraço minha tia com ferocidade e ela enxuga minhas lágrimas. Depois, crava um beijo em minha testa, e Júlia nos envolve em mais um abraço, dessa vez coletivo. Como vou sentir saudades disso. É terrível pensar que vou morar por tempo indeterminado em outro país e longe de toda a minha família.

Minha tia e minha prima encontram o conjunto da boina e correm para o meu quarto para finalizarem as malas. Fico um pouco para trás, segurando o diário com afinco contra o meu peito, e fecho a porta do quarto dos meus pais lentamente. Pelo menos agora eu sei que vou ter minha mãe e seu caderno de viagem para me acompanhar durante essa jornada. Nunca mais vou me sentir só.

Desço as escadas com minhas malas e encontro papai me esperando sem demonstrar nenhum tipo de emoção. Caminho até o carro calada, incapaz de dizer uma palavra.

Ele vai dirigindo abaixo do limite da velocidade, como costuma fazer, e coloca uma música que conheço bem. "The Climb", da Miley Cyrus. Eu escutava essa música todos os dias antes de dormir quando mamãe morreu. Era a única coisa que acalmava meu coração.

— Você está indo para um lugar especial, Victória. — Ele sorri discretamente, mas sigo calada. — Sabe que a última viagem que fiz com sua mãe foi para a França?

— Sei... — concordo com a cabeça. — Mas isso não são férias, lembra? Fui expulsa de casa.

— Nada disso. Você pode voltar quando quiser, mas quero que antes aprenda o significado de limites e do amor.

— Vou aprender isso em um internato? — pergunto, achando estranho.

— Não, eu acho que você vai acabar aprendendo isso na França. — Ele pisca, como se estivesse me contando uma piada interna que eu não entendo. — Franceses amam limites, são metódicos e cheios de regras, o suficiente para você entender que todos precisamos ter um.

— Não fez o menor sentido — falo, angustiada.

— Você vai acabar entendendo — ele responde, sua voz suavizando-se. — Quando amamos muito alguém, às vezes não colocamos os limites necessários. Passamos a fazer o possível e o impossível pela outra pessoa. Eu, por exemplo, faço tudo por você. Só que precisamos entender que, se não impusermos limites para a outra pessoa, ela sempre irá se sentir confortável para fazer o que quiser com a gente.

Isso é patético. Sei que o motivo de eu estar sendo expulsa de casa tem muito mais a ver com ele e Denise tendo um tempo para me substituírem por outro filho. Papai substituiu minha mãe e vai fazer o mesmo comigo.

— Existe limites na sua vida para dedicar seu amor? — alfineto. — Amou tanto sua esposa nova que se esqueceu de amar sua filha?

— Ela ama você também. — Reviro os olhos. — Mas talvez em Paris e, ainda mais em Tours, você aprenda a enxergar esse amor. Afinal, lá é a cidade certa pra isso.

Ele fala essa última frase com confiança e um sorriso enorme no rosto.

— Tá, então, pode me explicar como essa coisa de internato vai funcionar? — pergunto, bocejando para demonstrar minha falta de vontade. — Algum motorista vai me buscar lá ou...?

— Sim, você vai ficar dois dias em Paris antes de ir para o interior. Passei minha lua de mel com sua mãe em Tours. Tem castelos lindos por lá — diz ele, e percebo que parece empolgado.

— E eu lá vou ter tempo de ir em castelo, aliás? De que tipo de internato estamos falando?

Meu pai hesita por um momento.

— Acho que você vai se divertir. Já deixei os Gregory de sobreaviso que qualquer coisa que precisarem podem falar comigo.

O som rouco da voz do meu pai me deixa ainda mais nervosa.

— Quem são os Gregory? Você conhece eles?

— Conheço, sim — ele responde, tranquilamente.

— Quais são os antecedentes criminais deles? Estão vacinados? Possuem cidadania europeia? — Disparo uma série de perguntas. — Você sabia que houve um aumento de quase duzentos por cento no tráfico humano internacional?

Solto uma risada de nervoso. Acabei de inventar essa estatística, mas vivo vendo séries criminais na Netflix e no Amazon Prime, então posso garantir que esse tipo de coisa acontece mesmo.

— Eu jamais colocaria você na mão de desconhecidos, Vih. — Ele ri, e é a primeira vez que vejo isso acontecer nas últimas vinte e quatro horas. — Conheço a família Gregory desde a primeira vez que fui para a França com a sua mãe. São pessoas muito boas. Moram por lá há bastante tempo. São donos de um restaurante fantástico em Montmartre. Sem dúvidas a melhor batata frita que já comi na vida é de lá.

Dou risada. Até que esse é um bom motivo para me fazer ir para tão longe. Papai coloca a mão dele sobre a minha, me encarando nos olhos, e fico um pouco mais em paz. Há um minuto de silêncio até que eu comece a segunda leva de perguntas.

— Eles conheceram minha mãe? São boa gente? O carro deles é grande o suficiente para caber minhas duas malas despachadas e uma mala de mão?

— Bem... — Uma ruga profunda aparece no meio da testa do meu pai e acho que isso não é um bom sinal. — São pessoas bem simples... mas vão ajudar você. Ah, e você também vai conhecer os gêmeos. Eles têm a sua idade.

— Falam português? — Solto um suspiro. — Pai, eu não sei quase nada de francês, sinto muito te decepcionar. Nem a música de *Moulin Rouge* completa eu sei.

— Eles são brasileiros — responde, e abro um sorriso aliviado. — Você vai adorá-los.

Meu pai, no geral, sempre foi do tipo desconfiado, que demora para gostar das pessoas. Depois que mamãe morreu, isso aflorou ainda mais. Por isso, deduzo que para render elogios tão bons assim essa família deve ser no mínimo incrível.

Mas, para ser bem sincera, não estou nem aí para as pessoas que vão me receber ou que irei conhecer. Minha única meta nessa viagem é voltar antes de Miguel ser aprovado no vestibular e depois de completar a lista de lugares já visitados pela minha mãe na França.

Falando nele, não recebi nenhuma resposta desde a última mensagem que enviei dizendo que estou indo para a França. Ele só visualizou e não respondeu, o que me deixou extremamente frustrada e impaciente. Será que aconteceu alguma coisa na festa em que ele foi com os amigos ontem? Chega, Victória! Você foi meio expulsa de casa, está mudando de país por tempo indeterminado e indo morar num internato no interior da França. Já tem muita coisa para se preocupar, Miguel deveria ser o último dos seus problemas.

Entretanto, não consigo evitar me sentir chateada. Tenho mania de ficar mal toda vez que percebo que minhas expectativas não são supridas. É como se a culpa sempre fosse minha, e fico atrás de respostas para entender o que falta em mim para corresponder ao outro e até mesmo o que fiz de errado para que a troca de carinho, afeto ou amor não seja recíproca. Mas a verdade é que minha insegurança, na maioria das vezes, é tão grande que não percebo que nem tudo é sobre mim. Às vezes é apenas sobre egoísmo da outra parte também.

Minhas paranoias são interrompidas por uma freada brusca do meu pai. Quando olho ao redor, vejo que já estamos em Guarulhos, em frente ao aeroporto. Ele desce do carro, pega um carrinho de mão e coloca minhas malas todas lá. Ele me encara uma última vez.

— Tudo o que faço sempre será para o seu bem, Victória — ele fala com franqueza, e sinto meu coração fraquejar. — Espero que a Cidade Luz seja generosa com você e te mostre a luz necessária para que você desabroche na menina doce e amável que sei que é.

— Pai... — Parece que as palavras que quero dizer estão presas em minha garganta. — Preciso ir.

Banco a durona, apesar de estar despedaçada.

Saio em direção ao check-in sem que ele me acompanhe. A dor e o remorso percorrem todo o meu corpo. Infeliz o dia em que resolvi brigar com Denise. Infeliz a hora em que soltei minha língua para xingá-la. Sinto tanta raiva por ter entrado nesse duelo e ter perdido. Perdi o amor do meu pai e minha casa. Estou arrasada com tudo isso, além de me sentir incapaz novamente, tendo que recomeçar sem ter pedido por isso.

Aprendi na marra que uma das coisas mais preciosas da vida é que não podemos mudar o passado nem tentar decifrar o futuro. A única coisa que nos é possível fazer é viver o presente e tentar lidar com nossos caminhos. Algumas vezes eles não fazem o menor sentido, mas muitas outras eles levam a lugares que podem te fazer entender o porquê de você estar vivendo tudo o que está vivendo.

## CAPÍTULO 6

— Você pode tirar seu braço do apoio da minha poltrona, por favor? — repreende meu vizinho de poltrona de avião com um ruído que me causa arrepios.

— Sinto muito, senhor, esse assento é muito apertado. — Engulo a saliva a seco morrendo de vergonha e tentando encontrar uma posição confortável.

— Bem-vinda à classe econômica, querida. Da próxima vez, viaja de executiva — dispara ele, rangendo os dentes e voltando a dormir.

Já estou com os olhos arregalados há quase cinco horas e ainda faltam seis para chegar em Paris. Já estou traumatizada com toda essa viagem, mas, quando descobri que meu pai tinha me colocado na classe econômica, quase tive um AVC. Estou alarmada com tudo isso e acho que toda essa situação foi um bom teste para não ficar mais tão surpresa com os próximos capítulos.

Não vou ficar impressionada se ele me colocar em um internato de freiras onde eu precise rezar em cima do milho por horas e horas. Pensando bem, talvez isso seja até melhor do que o aperto desse avião. Eles sequer dão cobertor! Isso deveria ser considerado crime.

Chamo a comissária de bordo pela quinta vez e ela já aparece impaciente na minha frente. Tento me concentrar para que dessa vez ela entenda o que estou falando. A viagem mal começou e pelo visto o inglês dela é tão ruim quanto o meu francês.

— Você poderia me dar um cobertor? — pergunto em inglês, e começo a fazer mímica mostrando que estou com frio.

Ela hesita por mais um momento e então parece entender o recado, pois sai depressa até a cauda do avião. Fico angustiada quando percebo que estou invadindo um pouco a zona do senhor birrento, mas é difícil me comunicar, fazer mímica e suplicar por uma coberta sem passar uns milímetros da zona proibida.

— *C'est bon*?

Ela volta com um pedaço de pano que mais parece um guardanapo gigante de tão fino.

Sorrio com tristeza no olhar, mas agradeço a tentativa. Coloco, então, mais um filme ruim para rodar e agradeço quando percebo que o sono está por vir. Quando sou capaz de sentir o primeiro momento de paz e tranquilidade, ele é frustrado por um toque gentil no meu ombro. Ignoro, pois nada vai atrapalhar meu momento de prazer.

— Ei, garota! — Ouço as palavras baixas como um ruído. Será que estou sonhando? — Qual é, loirinha, acorda aí.

Levanto a cabeça e mordo o lábio superior com força. É o troglodita do meu vizinho de cadeira.

— Preciso ir ao banheiro — diz ele, baixinho.

— Oi? — sussurro.

— Preciso mijar, cara, tô apertado pra caramba, acho que tomei muito vinho tinto — desabafa. — Pode me dar licença? Tô com medo de fazer nas calças.

Eu me levanto o mais rápido que posso e ele sai correndo para o banheiro. Lá se foi meu sono. Sento novamente na cadeira e mal encosto quando escuto o barulho vindo do toalete. Não, ele não foi fazer só o número um. Sem dúvidas o número dois também está por vir. Paro de sentir o cheiro do perfume doce da mulher sentada do meu outro lado porque já estou com o estômago embrulhado pelo cheiro azedo vindo do banheiro. Cruzes, o que esse cara comeu? Sinto que minhas narinas podem começar a sangrar antes mesmo de ele abrir a porta.

Não acredito que ele vai voltar e se sentar ao meu lado. Será que lavou as mãos? Ok, agora vou obedecer fielmente à zona proibida e espero que ele também obedeça.

— Pronto, agora posso chegar em Paris uns cinco quilos mais leve — ele ri, e sinto vontade de vomitar.

---

Depois de algumas horas, uns cochilos e muito estresse, sou surpreendida pelo piloto comunicando que chegamos em Paris. Meu coração dispara e não consigo conter a euforia para sair logo desse avião e desbravar a Cidade Luz. Até que não é uma opção tão ruim ficar sozinha por tempo indeterminado, esperando as coisas se acalmarem lá em casa e de quebra comendo *pain au chocolat* autenticamente francês. Eu ficaria longe do papai, longe da Denise, longe da minha família, mas poderia viver uma experiência única.

Subo as escadas e vou seguindo o fluxo até o desembarque. Olho ao redor e *oh là là*, essa cidade respira moda. Fico boquiaberta ao ver todas as lojas de grife no caminho para pegar as malas. Parece um shopping. Melhor do que muitos de São Paulo, diga-se de passagem. As vitrines ostentam coleções que foram desfiladas há pouco tempo. Estou definitivamente no paraíso.

*Yes!* Denise, você acertou em cheio, *ma chérie*.

Quando olho em volta no aeroporto, percebo que este lugar parece um mundo à parte. O que é isso? Fico perplexa ao constatar que para chegar no desembarque é necessário pegar um trem. Mas para qual direção devo ir? Vejo um jovem que aparenta ter mais ou menos a minha idade e resolvo perguntar.

— *Hi* — tento soar casual utilizando meu inglês, apavorada por tomar um fecho por não falar a língua nativa. — Você poderia me informar como faço para pegar minhas malas?

— Você precisa pegar o trem e descer na próxima estação, depois virar à direita até as escadas e andar mais um monte até chegar à esteira do seu voo. — Ele me encara e sigo perplexa, sem conseguir esboçar reação. — Mas estou indo pra lá, se quiser ir comigo.

— Ah, claro, seria ótimo, obrigada — respondo, e logo começo a seguir os passos do cavalheiro. Não sei distinguir exatamente se ele é francês, norte-americano, alemão ou sei lá. Só sei que não desgrudo meu olhar dele para não me perder neste lugar. Espero que papai tenha avisado a tal família Gregory sobre o horário do meu voo, pois não vejo a hora de tomar um banho quentinho e me deitar em uma cama gostosa antes de começar a maratona para ter minha opinião formada na disputa do melhor macaron de Paris entre a Pierre Hermé e a Ladurée.

Saio do meu devaneio e percebo que perdi meu anjo da guarda. Meu Deus. Uma mísera fantasia sobre deliciosos macarons e já estou perdida? O que eu vou fazer? Volto uma estação, peço socorro, ligo para o 190? Aliás, aqui é 190? Melhor tentar a sorte com outra pessoa.

Vejo uma loira maravilhosa que facilmente poderia ser a capa da próxima Vogue e resolvo pedir ajuda mais uma vez. Quando começo a falar no meu inglês quase nativo, ela pousa os olhos em minhas botas Dior por alguns segundos e solta meia dúzia de palavras em francês. Acho que está me xingando, mas prefiro acreditar que apenas não sabia me responder. *Inferno!*

Dentro do vagão, tenho vontade de chorar.

Respira, Victória, você só precisa descobrir onde é o desemba... *voilà*! Preciso dizer que quem inventou os sinais gráficos dos aeroportos tem meu respeito. Bastou bater o olho numa placa para entender. Salto do vagão com rapidez para não perder mais tempo. Afinal, estou gastando tempo em euro. E, antes que me dê conta, já estou em frente à esteira da companhia aérea. Minha primeira mala já chegou, agora só falta a segunda.

Ok, agora as coisas estão um pouco esquisitas demais. Já estou parada em frente à esteira — que agora parou de girar — há aproximadamente quinze minutos e nem sinal da minha segunda mala. Não acredito nisso.

O que eu faço?

Com quem reclamo?

Em que língua me comunico?

Respiro fundo. Está tudo bem, Victória, é apenas uma mala que vai voltar pra você. Inspiro de novo. Então meu telefone toca e não sei como, pois não estou com um chip francês. Atendo meu pai na mesma hora e dou graças a Deus pela ligação.

— Perdi minha mala, esse aeroporto é gigante, você me colocou na classe econômica e preciso de um banho — desato a falar até ser interrompida.

— Você precisa sair logo daí, Victória. A Betina e o Marco estão lá fora esperando há mais de uma hora.

— Qual parte do perdi minha mala você não entendeu? — pergunto, ríspida.

— Eu tento resolver a questão da mala daqui, Victória. Não os deixe esperando mais tempo. Sai daí agora.

Em primeiro lugar, não acredito que levei uma bronca do meu pai a quase dez mil quilômetros de distância. Em segundo lugar, não acredito que perdi metade dos meus looks incríveis.

Saio sem ânimo para o setor de desembarque e não me custa muito tempo até encontrar Betina e Marco Gregory. Estão segurando uma placa branca com letras garrafais que diz: *Bienvenue, Maria Victória*. São um casal simples, com aparência de quarenta e poucos anos. Betina é alta e magra, tem os cabelos castanho-claros e olhos amendoados. Já Marco não é muito alto, tem uma estrutura pequena num geral, cabelos cacheados e olhos azuis. Está com uma barba malfeita e usa óculos. Antes que possa chegar até eles, escuto a conversa.

— Ela é tão parecida com Lala, estou arrepiada — comenta Betina baixinho.

— Você conheceu minha mãe? — indago, com uma expressão de curiosidade.

Betina levanta as sobrancelhas, ainda me analisando. Parece emocionada, e posso ver seus olhos marejados.

— Querida, seja muito bem-vinda a Paris. É a cidade preferida dos seus pais — comenta Marco com um sorriso.

— É mesmo — contraio os lábios. — Mas mamãe morreu e meu pai nunca mais veio pra cá. E agora ele me expulsou de casa e me mandou até aqui para me punir. Acho que essa cidade não foi muito bem ressignificada por ele.

Me sinto derrotada.

Baixo o rosto, triste. Eles devem saber muito bem do que estou falando. Enfrentar essa situação me dá um certo desespero, mas tento me controlar para não demonstrar toda a ansiedade que estou sentindo. Às vezes me sinto feliz por estar aqui, e em outros momentos detesto tudo isso.

Não queria que Paris tivesse esse espaço dentro do meu coração. Preferia mil vezes tê-la conhecido mais velha, talvez com Miguel. Mas não nessas circunstâncias. Duvido que, com toda essa situação, eu vá ter uma boa impressão da cidade.

— A princípio perdi minha mala, vocês sabem como faço pra resgatá-la? Minhas bolsas estão lá dentro — gemo baixinho.

— *Ce n'est pas bon* — bufa Betina, insatisfeita, e presumo que não seja boa coisa. — Mas ao menos você vai conseguir carregar as outras duas malas que trouxe. Afinal, se estivesse com as três, seria difícil viajar de trem.

— Tr-trem? — gaguejo de nervoso. — Vou pegar *outro* trem?

Eles franzem a testa. Será que estão delirando? Então se olham e dão risada.

— *Oui*, para Tours, para o internato — responde Marco. — Seu pai não te falou?

— Sim, mas achei que vocês fossem me levar... — Sorrio no maior estilo Maria Pidona.

— Ah, não! — Ele sorri de volta, mas acredito que esteja sendo irônico. — Vamos levar você só até a estação.

— Mas não se preocupe, querida. — Betina pega uma das malas e vamos andando na direção da saída. — São apenas duas horas de viagem, e você para em frente à Sainte École de Tours.

Dou um sorriso amarelo, tentando disfarçar o choque de realidade. Talvez minha estadia na França não vá ser só relaxamento à base de macarons.

## CAPÍTULO 7

*Crec, crec, crec!*
Será que esse barulho é da batata frita mais crocante que já comi na minha vida estalando dentro da minha boca ou dos anjos no céu? Estou apaixonada. Viemos até o restaurante de Marco em Montmartre. Eu queria mesmo um croissant, mas estava passando mal de fome e não consegui recusar o convite.

— Parece que você gostou! — comenta ele, com uma piscadela.

— Tá brincando? É a melhor batata frita que já comi em toda a minha vida — respondo, entusiasmada. — Eu morreria por uma batata frita dessa.

— Sua mãe falava a mesma coisa todas as vezes que vinha aqui. — Betina se emociona e eu também. — Desculpe ser repetitiva, mas sua mãe era realmente uma mulher incrível. Sentimos muito a partida dela e imagino que você também.

Engulo em seco. Não gosto de falar sobre o acidente da minha mãe. Uma onda de calor invade meu corpo e sinto uma pontada em meu coração. Mesmo com o passar dos anos, esse assunto ainda me gera rebuliço e ansiedade.

— Trouxe o diário de viagem dela com os principais pontos turísticos de que ela gostava — digo, um pouco mais animada. — Alguma chance de conseguir fazer alguma dessas programações hoje?

— Impossível — exclama Marco, de forma clara. — O trem sairá daqui a pouco, Betina vai levar você até a estação agora. Eu preciso ficar para abrir o restaurante mais tarde.

Engasgo com o gole de água que estou tomando.

Deus do céu. É isso mesmo? Olho fixamente para eles, torcendo para que tenham se confundido.

Betina se levanta rapidamente e pega a bolsa. Pousa um beijo nos lábios de Marco e me olha com uma seriedade que ainda não tinha visto antes. Eu, que não tenho mais forças para nada, só pego o resto das batatas e levo comigo sem discutir.

No caminho até a estação, não trocamos muitas palavras, e o trajeto não me mostra nenhum sinal da Torre Eiffel, o que me deixa desapontada. Mas Paris é uma beleza à parte. Todos os edifícios seguem o mesmo padrão de arquitetura, e a cidade parece arte pura na minha frente. Os cafés decorados naquele ar *clichê francês* me fazem suspirar. Não tem como um intercâmbio ser ruim nesse lugar fantástico, mas basta pensar que a felicidade vai embora num piscar de olhos.

— É aqui? — pergunto, quando ela para o carro.

— Sim, você deve entrar com suas malas e botar no bagageiro para depois procurar seu assento — orienta ela. — Aproveite a viagem! É rápida, mas a paisagem é bem bonita.

— Tá, eu coloco as duas malas no bagageiro, mas e depois? Alguém vai estar me esperando em Tours?

Fico apavorada com a possibilidade de ter que fazer tudo sozinha.

— Infelizmente Gabriel está num campeonato de tênis, então não vai poder te ajudar. — Ela me olha com tristeza, mas não faço ideia de quem seja Gabriel. — Ah, é mesmo, esqueci de te falar. Gabriel e Louise são meus filhos. São gêmeos e também estudam na Sainte École, onde você vai estudar. Louise vai conseguir te ajudar, já falei com ela.

— Ufa... — Fico mais aliviada e solto o ar dos pulmões. — Eles falam português, certo?

— *Bien sûr*! Nasceram no Brasil, mas foram alfabetizados em francês. Você vai adorar conhecê-los. Serão da mesma turma. — Ela me entrega um bilhete de viagem e então deixa um último conselho: — No início, o internato vai parecer assustador, mas depois você vai aprender a amá-lo. *Bonne chance*!

*Assustador?* Foi isso mesmo que ela disse? Tento ignorar o fato de que ela está me dizendo isso minutos antes de me despachar para uma cidade no interior da França. Ainda dá tempo de fugir e me esconder em um ateliê de moda? A voz da minha mãe invade minha cabeça. *Coragem, Vih, não dá pra sair do lugar se você tiver medo da caminhada.*

Inspiro firme e caminho pela plataforma quase como uma tartaruga. Minha mala deve ter chumbo em vez de roupas. Eu devia ter ouvido o conselho da minha prima e começado a praticar um estilo mais minimalista. Mas estou na França, ninguém é minimalista no país onde Coco Chanel fez história.

Quando chego na minha plataforma, o trem para a uma distância inacreditável entre o vagão e a plataforma. Isso sem contar que tem uma escada para subir nele. Como vou conseguir subir com tanta coisa?

Atravesso o vão primeiro com uma mala, depois com a outra, mas, depois de achar que tinha vencido, constato que não há mais espaço no bagageiro. Começo a perambular pelo vagão buscando um lugar e nada. Olho ao redor e ninguém se oferece para me ajudar, então dane-se. Empurro uma das malas de algum desconhecido e soco as minhas duas ali dentro, me dirigindo ao meu assento. Depois da suadeira, tiro o blazer de *tweed* da minha mãe e deixo na poltrona ao meu lado, que está vazia.

Francamente, preciso de no mínimo doze horas de sono, um dia em um spa e uma sessão de terapia para superar esse dia. Mas basta olhar pela janela e ver a beleza do percurso; o gramado e as flores me fazem suspirar de alegria. Tudo parece uma pintura de tão lindo. Fecho os olhos por um segundo para descansar, sinto que vivi setenta dias em quarenta e oito horas. São tantas coisas que não tive tempo para absorver nada.

<hr />

— *Madame*? — Será que já estou sonhando em francês? — *Pardon, madame*?

Isso não é um sonho.

— *Oui?* — respondo, abrindo os olhos num pulo.

— *Réveille-toi, s'il te plaît.*

Minha expressão é de confusão até eu perceber que já chegamos. Faz menos de cinco minutos que dormi, tenho certeza. Que viagem rápida!

Um alarme começa a tocar e todos saem apressadamente, e tenho que buscar minhas malas, pois, pelo visto, o trem já vai partir de novo. Começo a correr e jogo minhas malas sem um pingo de cuidado para fora do vagão. Dou um pulo para sair antes que a porta se feche na minha cara e, quando o trem parte, olho para minhas coisas e constato que perdi o amado blazer de *tweed* da minha mãe. Lá se vão os planos para a foto na Torre Eiffel.

Que droga, Maria Victória. Primeiro a mala, agora isso. Estou com tanto azar... será que Deus está rindo de mim lá do céu? Eu só queria paz e ele me enviou, contabilizando tudo até agora, uma viagem de avião na classe econômica, uma mala perdida, um blazer de *tweed vintage* perdido e uma viagem num trem velho para o interior da França. O que falta mais? Um anjo da guarda, neste momento, seria tudo.

— Ei, você! — grita uma garota de uns quinze anos, cabelo loiro com mechas pretas e delineado colorido, me encarando. — Seu nome é Maria Victória?

Agora Deus foi longe demais. Eu pedi um anjo, e não uma gótica esquisita com uns parafusos a menos. Essa garota definitivamente não foi o anjo que pedi.

— Sim, e você é a...? — Encaro a menina sem entender por que está se dirigindo a mim.

— Louise. Minha mãe deve ter falado de mim. Estou aqui para te ajudar.

— Ah...! — Fico sem palavras quando percebo que a gótica esquisita é a filha da doce Betina. — Espera, acho que me perdi um pouco. *Você* é a filha da Betina?

— Sim, patricinha, essa sou eu. — Ela aponta para as próprias roupas. — Sou dramática, mas sempre muito bem-humorada, então vou ignorar o fato de você estar me julgando. Vamos, não tenho o dia inteiro pra ficar esperando sua carruagem chegar. Pretendo assistir ao jogo do meu irmão.

Ela me fuzila com o olhar e me arrependo no mesmo segundo do que disse para ela até ali. Não queria ter causado essa primeira impressão.

Louise carrega a mala menor e vai andando rápido na minha frente com suas botas tratoradas da Dr. Martens. Fico olhando para as suas costas, ainda sem acreditar que essa menina de um metro e sessenta, que claramente poderia estar fazendo cosplay de Demi Lovato depois de acabar com o Joe Jonas, é a filha da Betina. Pouso meu olhar sobre a meia arrastão que ela está usando... e não consigo não pensar que deve estar fazendo uns trinta graus.

— Você pode ir mais devagar? — bufo, ofegante. — Estou exausta da viagem e esses sapatos estão acabando comigo.

— Na sua próxima viagem, lembra de não usar Dior para atravessar o Oceano Atlântico. — Ela me lança um olhar de cima a baixo completo. — Um Miu Miu, neste caso, seria bem melhor.

— Você conhece marcas de sapatos? — respondo, espantada.

Pra uma gótica, ela entende muito de moda.

— Esse seu sapato aí é da coleção de inverno de 2021 da Dior. Maria Grazia Chiuri não é lá uma das melhores diretoras da marca, mas dá pro gasto.

— Ok, agora estou realmente surpresa. Então você gosta de moda? — Abro um sorriso.

— Eu gosto de moda, mas isso não quer dizer que eu goste de grifes ou patifarias que as marcas fazem pra lucrar com ricos dos Estados Unidos que não entendem nada de moda de verdade — comenta ela, com um toque de deboche.

— Isso foi uma indireta?

— Estamos na França, *ma chérie*. Você vai aprender a gostar de moda de verdade por aqui.

Ousada. Geniosa. Arrogante.

Acho que acabei de fazer uma melhor amiga.

Amo o fato de uma amizade boa e verdadeira começar com a benção de uma dose de estilo. Mas, pelo visto, Louise ainda não entendeu que nossa amizade começou.

Suspiro e caminho mais um pouco até me assustar com minha futura amiga.

— Você é louca? O que está fazendo? — Chamo a atenção dela, que está prestes a entrar em uma zona que claramente é proibida.

Ainda não entendo francês, mas é óbvio que a placa e as grades estão dizendo para não entrarmos ali. Ainda mais com esse vermelho e letras garrafais. Não quero começar meu primeiro dia de viagem sendo deportada e correndo o risco de ser presa.

— Ou vamos por aqui e chegamos em cinco minutos ou vamos pela estrada e chegamos em uma hora, a escolha é sua.

Balanço a cabeça em negativa.

— E se eu for presa? — Ela revira os olhos com minha pergunta.

— Fica tranquila, você só precisa pular as grades e me ajudar a jogar sua mala pro outro lado.

— Ok! — Levanto os ombros, conformada.

Só então Louise levanta a mala menor e a arremessa pela grade, que deve ter um pouco mais de um metro e meio.

— O que você trouxe dentro disso aqui? Um cadáver? — pergunta ela, fazendo careta.

— Minhas roupas de grife enlatada que você odeia.

— Você veio para um internato, sua maluca. A gente tem uniforme. Vai comemorar se te deixarem usar brincos! — responde ela, sem um pingo de sutileza. — Vamos, precisamos passar a maior agora. Me ajuda aqui.

Nós duas tentamos com força e sem sucesso. Mudamos a posição e nada mais. Então Louise se pendura em cima da grade enquanto eu seguro a mala por baixo.

— Foi! — confirma ela com a cabeça.

E assim que ela arremessa a última bagagem e consigo saltar, um barulho ensurdecedor aparece. Isso não me cheira a coisa boa.

— Droga! — xinga ela, e meu coração fica gelado. — Vamos, corre!

Ela agarra uma das malas e eu a outra e saímos correndo por um longo jardim.

— Você disse que eu não seria presa! Por que diabos estou correndo como se pudesse ser?

— Falei que você não seria presa, mas não falei nada sobre você não pegar punição nas suas primeiras horas na Sainte École.

Maravilha. O que mais poderia dar errado, não é mesmo?

— Aqui já é terreno do internato? — falo, quase sem forças, mas continuo correndo, incapaz de sentir ar em meus pulmões.

— *Bienvenue*, Maria Victória! Estamos na Sainte École de Tours.

E claro que, como eu esperava, mal cheguei e já me envolvi em confusão. Se meu pai sonhar que isso está acontecendo, talvez fosse melhor eu jamais ter saído do Brasil. Ponto positivo para mim, pelo menos.

O local é todo florido, com um jardim de peônias incríveis que estão sendo destruídas pelas minhas malas e correria. Acho que por isso tinha uma placa proibindo a entrada. Estou definitivamente destruindo toda a flora ambiental desse lugar. O alarme para de tocar e consigo relaxar por um segundo.

Mas a paz dura só alguns instantes.

— *Hey, vous deux!* — grita um guarda, e fico pálida.

O calor que atinge meu corpo com a temperatura dessa cidade me faz derreter. Eu poderia facilmente me livrar dessa enrascada forçando um desmaio. Mas Louise já me mostrou que sempre tem uma carta na manga.

— Qual é, Charles! As aulas só começam amanhã, me dá um desconto, cara! — fala Louise em português.

A expressão dele se suaviza.

— Tudo bem por hoje, Loulou, mas se a diretora te encontra estragando as peônias dela mais uma vez, você sabe bem o que acontece.

— Espera, você fala português? — respondo, espantada e alegre.

— Sim, sou português.

Levo as mãos à boca com a surpresa. É tão engraçado ser compreendida por pessoas de cidadania diferente.

— Isso é demais! Eu sou brasileira.

— Não fala isso pra ele, Victória. Ele vai querer roubar seu ouro. — Louise mostra a língua e Charles começa a rir com a piada.

— Saia da minha frente, garota! E se falarem alguma coisa sobre isso no grupo da escola, eu entrego vocês. — Ele dá risada e caminha na direção oposta.

Quando me dou conta, já estou dentro do internato. Os muros altos e o brasão da escola me deixam encantada. A arquitetura gótica do local deixa tudo ainda mais fascinante. Parece um castelo. Ou, para os amantes de Harry Potter, é como se eu tivesse acabado de entrar em Hogwarts.

— Isso é incrível! Parece um museu — falo, boquiaberta, olhando para a fachada.

— A beleza do local compensa o quanto isso aqui é chato — inspira ela, insatisfeita. — Você tem que descobrir o número do seu quarto.

— Ah, ok. Você me ajuda?

— Hum, não? — Ela devolve a pergunta. — Já cumpri minha obrigação e estou livre para aproveitar meus últimos momentos de paz e tranquilidade antes da minha colega de quarto aparecer. Mas boa sorte com isso.

— Achei que fôssemos ser amigas.

Ela levanta as sobrancelhas, me analisando. Não sei dizer se achou que eu estivesse contando uma piada ou se pensou que estivesse debochando da cara dela.

— Eu vou te dar uma dica sobre a Sainte École: aqui ninguém faz amigos, a gente apenas se atura.

## CAPÍTULO 8

Espero que a globalização tenha chegado com força total nesse internato e todo mundo fale inglês. Do contrário, terei que recorrer ao Google Tradutor a cada três palavras que eu tentar falar.

Entro no que parece ser a coordenação da escola, onde as paredes estão estampadas com várias fotos de alunos em diversas atividades. Tênis parece ser o forte por aqui, o que é ótimo para mim.

Eu fazia aulas antes de Denise começar a me imitar. Quando ela entrou para o tênis, resolvi desistir. Já era obrigada a conviver com essa megera por muito tempo, só me faltava ter que manter a política da boa enteada no meu tempo livre.

Enquanto me perco olhando as centenas de fotos nas paredes, uma jovem alta e loira aparece. Ela não parece sequer um ano mais velha que eu, então não acredito que seja a coordenadora ou nada do tipo. A garota exala perfume francês, literalmente. Dou risada internamente porque essa observação foi, no mínimo, óbvia.

Por que será que falam que os franceses fedem se eles são donos das melhores fragrâncias que existem? Eu mesma não troco o meu Idôle da Lâncome por nada. Era o mesmo perfume que minha mãe usava, e ter ele em mim é uma memória constante do cheiro dela. Enquanto me perco nos meus pensamentos, a loira fica me encarando, e percebo que serei obrigada a gastar meu vasto vocabulário de apenas três palavras.

— *Bonjour!* — pronuncio a palavra em alto e bom som com todo o biquinho francês que consigo.

— *Salut!* — responde ela, e sou incapaz de continuar a conversa de qualquer outra maneira. Vendo que eu estava numa situação complicada, ela completa: — Ah, pode falar inglês comigo, estamos num internato bilíngue.

— Ah, obrigada! — respondo, aliviada. Percebo que minha estadia não vai ser tão silenciosa. — Eu vim até aqui para tentar descobrir qual é o meu quarto, acabei de chegar.

— Hum, vamos ver! — Ela começa a consultar alguns papéis, depois me encara e continua a passar os dedos pelas páginas. — Você veio de qual país?

— Brasil.

— Maria Victória? — pronuncia ela, com um sotaque tão fofo que me arranca um novo sorriso. — *Enchantée, je m'appelle* Dominique. Seu quarto é o 311.

— *Merci*! — digo, me gabando das poucas palavras que sei em francês — Você trabalha aqui?

— Sou estudante, faço parte da chapa *Super Maison Étudiante*. Você pode se inscrever, se quiser. Tem o perfil exato que costumamos procurar.

— Obrigada, isso é muito gentil da sua parte.

— *De rien*!

Encaro Dominique, confusa.

— Quer dizer "por nada". Fica tranquila, o francês vai acabar vindo naturalmente para você logo, logo.

Saio da coordenação carregando as duas malas, cruzo o belo jardim e dou de cara com o Bloco 3. Então olho ao redor do saguão e não vejo nenhum sinal de elevador. Só podem estar de brincadeira com a minha cara. Estamos no século vinte e um! Os franceses deveriam aderir à modernidade e implementar um sistema mais eficaz do que escadas. Além de ser antiquado, vai me dar uma dor na lombar terrível.

Vamos, Maria Victória, paciência! E lembre-se do seu treino de pernas, que não é executado há mais de três dias.

Quando chego no primeiro andar, noto que meu quarto é logo o primeiro, e basta abrir a porta para entender a ironia que o destino me preparou.

— Você? — Louise está deitada na cama perto da janela. Depois do choque inicial, gargalho alto ao vê-la com um pijama cor-de-rosa estampado da Hello Kitty, totalmente contrário a toda sua imagem de bandida má.

— Somos colegas de quarto? — digo, tentando me recompor da coincidência e de seu look pra lá de cômico.

— Impossível, eles jamais colocariam duas brasileiras juntas. — Ela se levanta e se dá conta do pijama fofo. — Pro seu governo, isso aqui é extremamente confortável.

— Não duvido... — Eu me sento na cama ao lado da dela. — É muito fashion, Maria Grazia teria orgulho.

Não consigo segurar um riso, mas contenho de última hora.

— Quem falou que este era o seu quarto?

— Hum. — Faço uma careta ao tentar me recordar do nome da jovem loira. — Dominique.

— Óbvio, aquela cobra.

Ela se deita de costas e para de tentar esconder a blusa com estampa de uma criança de oito anos.

— Não, você é a chata aqui. Dominique me pareceu um amor! — rebato.

— Você não a conhece. Dominique é interesseira, soberba e invejosa. Já fomos amigas até ela me passar a perna. Ela fede a maldade.

— Ela parecia cheirar mais a Chanel nº 5, pra ser sincera, mas posso ter confundido com algum outro perfume — brinco, mas ela não parece gostar. — Inclusive, ela me chamou para participar de um tal clube estudantil.

— Tanto faz.

— Olha só a minha paciência indo embora... Achei alguém mais chata do que eu. Gostei.

Louise parece desconfortável com o assunto, então só revira o olho e coloca os fones de ouvido novamente. O som é alto a ponto de eu conseguir ouvir a música, e fico chocada pela segunda vez em poucos minutos. Minha colega de quarto é fã de ninguém mais ninguém menos do que João Gomes. Parece piada que essa gótica se vista de pijama de bichinhos e escute piseiro.

— Você é uma personagem peculiar, Louise — digo alto, mas ela não escuta pelo volume dos seus fones de ouvido.

Me levanto, vou até a cama dela e tiro seus fones. Ela me olha com tanta raiva que sinto que pode me fuzilar. Mas isso não me dá medo, afinal, já convivi com gente pior nessa vida.

— Você é uma personagem peculiar — repito, e agora sim ela me escuta.

— Eu ouvi da primeira vez que você falou — bufa Louise. — Algum problema com o ícone João Gomes e suas poesias?

— Nenhum, só não tem nada a ver com você.

— Ninguém é uma coisa só, pessoas previsíveis são extremamente tediosas. Tipo você.

Respiro fundo para não esganar aquele rostinho lindo. Agora quem está irritada sou eu, afinal, venho tentando quebrar o gelo com a intenção de nos darmos bem e ela só me devolve patadas desde que cheguei.

— Isso foi uma ofensa?

— Te atingiu?

— Francamente? Não. — Dou risada. — Qual é a da pose de "aqui ninguém faz amigos, a gente apenas se atura"?

Faço aspas com as mãos, imitando o que ela disse mais cedo.

Louise se levanta mais uma vez, abre a janela com vista para todo o campus do colégio e se volta para mim, sentando-se no parapeito. Inspira profundamente, levantando as sobrancelhas, antes de responder, como se estivesse prestes a revelar um segredo:

— As pessoas aqui vão e vêm com frequência. Ninguém cria laços. — A nebulosidade em seu rosto parece lembrar alguém, mas não sei quem. — Tudo dura no máximo um ano. Os que ficam mesmo são uma panelinha fechada, como a da Dominique.

— Então sinto informar, mas fui expulsa de casa e não tenho previsão de quando vou voltar, o que nos dá duas opções. — Puxo a cadeira e me sento ao lado dela na janela. — Ou viramos melhores amigas, ou viramos inimigas. E seja lá qual for a sua escolha, considere que agora vamos ter que dividir esse quarto de cinco metros quadrados. Eu prefiro pelo menos uma boa convivência para não nos matarmos.

— Que dramática! — Ela sorri. Essa é a primeira vez que consigo o mínimo de contato. — Por que você foi expulsa?

— Tem tempo pra ouvir uma história longa?

## CAPÍTULO 9

Existe uma série de coisas capazes de unir duas mulheres. Uma delas, sem dúvidas, é a moda, mas isso depende de um gosto em comum. Outra delas é a fofoca, e isso não depende de nada, só de um bom conteúdo para ser comentado e uma boa ouvinte para tornar toda a história ainda mais interessante.

— Chocada que ela fez luzes com seu cabeleireiro. Isso foi muito baixo! — comenta Louise, enquanto devora um pacote de salgadinho.

— Eu falo isso pra todo mundo! — digo comendo um pedaço de queijo de *chèvre* que ela me ofereceu junto com algumas outras delícias típicas. — Como pode isso ser tão bom?

— A França já é incrível, mas fica ainda melhor por causa da comida. Acho que jamais vou me cansar disso — responde ela, concordando comigo. — Sem contar a moda, é claro. Essas são duas coisas que não me fazem ter saudades do Brasil.

— Você pensa em voltar? — pergunto, meio despretensiosa.

— Já pensei em voltar depois que for pra faculdade, mas não acho que vale a pena. Meu irmão mais novo com certeza vai ganhar uma bolsa de estudos por jogar tênis tão bem, e meus pais amam trabalhar no restaurante — responde ela, parecendo triste e resignada. — No fim, aprendi a gostar disso tudo também.

— Não é uma tarefa difícil gostar desse país — comento, me deliciando com um croissant que encontro dentro de um saquinho de papel.

— Mas é difícil viver em um lugar tão cheio de regras. Franceses são extremamente rigorosos para tudo.
— Por isso que você se veste assim? Para chocá-los?
— É o meu jeitinho de quebrar padrões e mandar a Dominique se lixar. Schiaparelli teria orgulho de mim.

Rimos juntas da referência à moda que ela soltou.

— Ok... — Eu me acomodo na cama e jogo um travesseiro para ela. — Sua vez de me contar essa história mal resolvida com a loira que fede a soberba.

Louise abre a boca para contar a história, mas olha o relógio e pula da cama, parecendo entrar em pânico. Pega a meia-calça arrastão, uma camiseta básica e um short jeans, vestindo-se de maneira afobada.

— Vou precisar contar isso depois, estou atrasada pro jogo do meu irmãozinho. Nos vemos depois, ok?

— Tudo bem — digo, meio cansada. — Preciso mesmo descansar. Não parei quieta desde o meu aniversário.

Além disso, ela não me pareceu muito preparada para falar sobre Dominique, então percebo que não iríamos muito longe naquela noite, de qualquer forma. Fico em silêncio e me deito na cama novamente.

— Isso, dorme um pouco! — Ela coloca os sapatos e sai correndo feito um furacão.

Me enrolo no lençol e sinto meu corpo inteiro relaxar. Estive tão tensa nas últimas horas que foi como se todos os meus músculos estivessem sob pressão. Encontro meu celular, que está jogado entre os lençóis, e abro o WhatsApp.

Nenhuma mensagem relevante. Júlia apenas perguntou se cheguei bem e tia Silvia me mandou uma lista de restaurantes franceses que, de acordo com ela, não posso perder. Isso inclui comer escargot e, francamente, não sei se vou me aventurar nessa. Miguel segue fingindo que eu não existo e meu pai... bem, ele só tem sido o protótipo de pai que foi durante todo esse tempo. Desleixado.

Na qualidade de filha, acho que tenho propriedade para criticá-lo. Sei que vivemos momentos tensos e dolorosos sem minha mãe, e acho que no fundo meu pai sempre se sentiu responsável pela morte dela, assim como eu também. Só que depois que ela se foi, colocamos uma pedra em seu túmulo e outra em nossas bocas. Nunca mais falamos sobre o assunto.

Perdemos momentos incríveis juntos, e ele não teve forças para exercer a função que era esperada dele. Não gosto de julgá-lo, sei que ele tentou. Mas olha só, eu já julgando. Enfim. Dane-se. Era irritante ter que pedir a ele o básico de afeto. Meu pai não soube nem como reagir no dia em que menstruei pela primeira vez, nem quando tive que sair mais cedo do colégio porque tive uma crise de ansiedade pelas homenagens de Dia das Mães.

Em todos esses momentos, quem esteve presente foi a Denise. Ela era assistente pessoal dele e ficou encarregada de uma função que não cabia a ela, pois não há substituição para o papel de mãe. Sei que esse é o motivo para eu sentir tanta mágoa dela. Acho que ela fez tudo de caso pensado naquele período. Antes de meu pai se apaixonar por ela, ele se apaixonou pela ideia que ela transmitia: uma boa substituta para o cargo de Mãe Ideal.

Não duvido que Denise vá ser uma boa mãe. Só que ela não é a *minha* mãe. E o fato de que possivelmente minha vinda à França seja para que os dois consigam engravidar me causa calafrios. Estou sendo jogada para escanteio mais uma vez. Essa dúvida de que eles estão usando esse internato como desculpa para isso me dá ânsia de vômito. Será mesmo que isso está acontecendo? A pergunta me aterroriza cada vez que penso nisso.

Chega. Preciso dormir. Já estou delirando depois de tantas horas de extrema emoção. Viro para o lado, fecho os olhos e afasto os pensamentos. Quando percebo, estou sendo embalada pelos sonhos.

Depois do que parece ter sido um piscar de olhos, acordo assustada.

— Primeiro dia de aula! Acorda! — berra Louise.

— Hã? Do que você está falando? Eu só cochilei — digo, me cobrindo um pouco mais com a deliciosa manta de pelinhos.

— Você dormiu a noite inteirinha, Victória! — responde ela e puxa a coberta, me obrigando a abrir os olhos. — A gente não pode se atrasar logo no primeiro dia, anda!

Dou um salto da cama e corro para tomar um banho rápido. Não tive tempo para desfazer as malas, então uso todos os produtos de Louise que vejo pela frente. Ela tem um gosto refinado. O desodorante dela tem toques de framboesa! Penteio os cabelos e faço o meu melhor, mas, quando me olho no espelho, cogito até desistir de ir para a aula. Estou destruída.

— Me empresta alguma maquiagem sua? Não posso aparecer assim no primeiro dia de aula!

Louise me encara, percebe a emergência e logo me entrega um corretivo da Dior, o que me surpreende.

— Ora, ora, achei que você fosse contra...

Ela força uma risada, me interrompendo:

— Digamos que eu seja uma fã enrustida de Maria Grazia.

— Aposto que sim! — debocho, enquanto termino de me arrumar. Me olho no espelho e faço uma careta. — A gente tem mesmo que usar esse uniforme feioso?

— Acredite, sim — fala ela, me olhando de um jeito desapontado. — A parte boa é que você pode abusar da sua imaginação com os acessórios, já que estamos no ensino médio e isso já é permitido pra gente. É a melhor maneira de estilizar essa coisa tenebrosa.

Parece que estou em algum filme norte-americano clichê. A saia plissada e a camisa polo branca me remetem a *American Pie* ou ao clipe de "Baby One More Time", da Britney Spears. Detesto essa estética Y2K. Ana Wintour deveria proibir que esse tipo de coisa circulasse em lojas de departamento e, principalmente, em desfiles de alta costura. E os diretores desse colégio devem ser extremamente machistas, obrigando as mulheres a usarem minissaia em um colégio que tem o nome de *Sainte École*.

— Me sinto ridícula com isso aqui — resmungo, revirando os olhos. — Quem criou esse uniforme deveria ser preso.

— Acredite, eu concordo. Aliás, a responsável por isso é a própria Dominque. Ela venceu o concurso de design de uniformes no ano passado, não sei como. O concurso é um grande desfile — solta Louise, enquanto coloca alguns livros dentro da bolsa Longchamp em sua cama. — Daqui a alguns meses farão um novo desfile para os uniformes do ano que vem e você pode se inscrever e nos devolver um pouco da nossa dignidade.

— Com certeza farei isso. — Eu me apresso a calçar meus sapatos oxford da Prada. — Estou pronta, vamos? Espero não ter que me abaixar em nenhuma hora do dia, ou vou acabar pagando calcinha.

Saímos do quarto rindo. A risada de Louise é formidável, parece um porquinho e me faz lembrar da minha prima. Elas iriam se dar muito bem, mas talvez Júlia demorasse a aceitar o gênio forte de Louise. Minha melhor amiga é muito sentimental, e algumas vezes me faz perder a paciência com seus dilemas e dramas, mas tem um coração enorme.

— Me animei com a possibilidade de criar o uniforme. Isso é bem legal! — comento enquanto andamos o mais rápido que conseguimos para chegar a tempo da primeira aula. Fico surpresa ao ver como a Sainte École é igualzinha a uma escola comum. Apesar de estarmos num castelo e de todos estarem vestindo aqueles uniformes tenebrosos, a energia caótica de adolescentes indo de um lugar para o outro e fofocando é universal. De um lado, um grupo que parece ser da atlética; no fundo do corredor, os nerds que parecem não gostar de socializar; mais à frente, um casal se beijando e levando uma dura do professor. É exatamente como em qualquer parte do mundo.

Já me sinto quase totalmente ambientada e querendo encontrar minha tribo.

— Essa é a parte boa daqui — Louise retoma o assunto, entusiasmada. — Temos autonomia total para fazer de tudo. Desde os uniformes até a escolha do cardápio das refeições, os alunos podem se envolver em qualquer coisa. Só precisamos ganhar as eleições.

— Então temos que apresentar a ideia antes?

— Sim, mas você precisa ter uma chapa, assim como em qualquer eleição real. A chapa da Dominique é pra isso — a voz dela sai um pouco trêmula. — Já fiz parte dela também, mas fui chutada.

— Você? — Fico espantada. — Acho você genial e superestilosa.

— Eu também... — gaba-se Louise. — Mas Dominique não quis acatar minhas ideias. Assim como ela não aceita a de ninguém que não seja ela mesma. Ela pensa que é a Coco Chanel da atualidade.

Solto uma risada debochada. Já convivi com pessoas tipo Dominique e sei como amam ser o centro das atenções. Sem dúvidas essa menina fede a maldade mesmo.

— Falando de mim, Loulou? — Ouvimos alguém falar nas nossas costas, e a frase em inglês com sotaque francês não nega quem pronunciou essas palavras.

— *Ce n'est pas possible* — diz Louise baixinho, virando-se com agilidade e ficando instantaneamente vermelha como uma pimenta-malagueta. — Dominique, por acaso você aprendeu a falar português? — ela pergunta, em inglês.

— Meu nome é universal. Consigo entendê-lo em todas as línguas.

— Então vai catar coquinho, Domi — fala Louise, em português, e Dominique fica parada, encarando-a confusa.

Não me aguento e caio na gargalhada. Louise também começa a rir sem parar até que Dominique baixa a guarda e muda com rapidez o semblante de cruel para o de vítima. Ela, sem dúvidas, tem certo talento teatral, ou um pezinho na psicopatia. Conheço alguém exatamente assim...

— Dominique pode até não entender português, mas eu entendo, Louise — fala Charles, quando aparece do nada e olha feio para nós duas. — Vou ser obrigado a te enquadrar no primeiro dia de aula?

— Qual foi, Charles. Essa nojenta gosta de tirar minha paz. — Minha colega de quarto fica sem graça com a presença do inspetor.

— Para a aula. Agora — ordena ele, e todas seguimos.

Louise anda a passos largos e sem paciência até chegar ao corredor principal, que reconheço ser o mesmo pelo qual passei ontem e encontrei Dominique. Durante o trajeto, solta algumas palavras que não faço ideia do que significam e também não cogito perguntar. Não vou ser saco de pancadas. Levando em conta o que acabei de presenciar, acho que a briga dessas duas vai para além de um uniforme desaprovado. Como diria tia Silvia, tem caroço nesse angu.

Entramos na sala de aula e ela não dá um pio. Me sento e fico quieta, fingindo entender tudo que o professor fala. Quem disse que essa escola era bilíngue? A cada sílaba que sai da boca dele, fico mais confusa. Ameaço perguntar a Louise se em algum momento ele vai trocar o francês pelo inglês, mas ela se mantém de cara fechada e acho melhor evitar.

De repente, meu telefone começa a vibrar na bolsa.

Tento disfarçar para que o *monsieur* não me veja mexendo no celular e percebo que estou recebendo uma ligação de Miguel. Meu coração desmancha e abro um sorriso tão grande que meus lábios podem rasgar. Começo a respirar mais rápido, até que Louise nota.

— O que aconteceu? — pergunta, assustada.

— Miguel, meu namor... — corto a palavra no meio, pois sei que ainda não namoramos. — O cara que eu gosto está me ligando.

— Aproveita que o professor tá de costas e vai atender no banheiro. Se te pegarem com o celular, você leva detenção.

— Ok! — Saio correndo o mais rápido que posso e torcendo para que ele não desligue.

Quando saio da sala de aula para o corredor deserto, atendo a ligação, mesmo sabendo que corro riscos. Não quero perder a chance de falar com Miguel.

— Linda! — diz ele, assim que atendo. — Senti tanto a sua falta!

— Miguel! — Tento conter o sorriso, mas quem estou tentando enganar? Estou feliz demais com essa ligação. — Eu também senti sua falta.

Antes que ele possa responder, uma voz chama minha atenção:

— *Hey vous*!

Em pânico, desligo a chamada no mesmo segundo.

## CAPÍTULO 10

Quando me viro, dou de cara com um garoto alto e mais ou menos da minha idade. Ele deve ter no mínimo um metro e noventa e poderia facilmente ser jogador de basquete. É loiro, com o cabelo cacheado como o de um anjo, e tem ombros largos, diferente de muitos franceses. Os olhos dele são castanho-escuros, bem amendoados. Tenho a sensação de que o conheço de algum lugar.

— *Tu ne devrais pas être ici!* — fala ele, e permaneço calada, parada na mesma posição.

— *Pardon!* — respondo, mesmo sem saber se ele fez uma pergunta e mesmo sem saber o que disse.

O rosto dele se abre em um sorriso.

— Era a única coisa que eu sabia falar quando cheguei aqui também. — Ele estende a mão para mim. — Prazer, Gabriel.

— Aqui tem muito brasileiro, hein? — digo, aliviada, apertando a mão dele. Que formal! — Prazer, Maria Victória.

— Na verdade agora só temos três. Eu, você e minha irmã.

— Louise? — pergunto, assustada. — Você é... o irmãozinho da Louise?

— Sim, na verdade sou irmão gêmeo dela. — A voz dele é suave e doce, e é aí que noto a semelhança entre os dois. — Meus pais me avisaram que você chegaria. Desculpa por não ter ajudado antes, eu tinha um jogo importante ontem.

Gabriel passa por mim e tira o celular da minha mão, guardando no bolso do moletom. Depois, segura meu braço e começa a andar comigo na direção oposta à da sala de aula.

— Espera, Louise disse que tinha um irmão... menor — falo, confusa, olhando para ele de cima a baixo para entender toda aquela altura.

— Você não parece bem um irmãozinho.

Ele concorda com a cabeça, soltando uma risada gostosa.

— Isso é coisa dela. Louise nasceu primeiro, daí ela acha que é a mais velha. Na teoria, é mesmo. — Ele está com um sorrisinho no rosto. — Se te pegarem com esse celular nos corredores, você leva detenção.

— É, Louise me falou...

— Aqui eles são bem rígidos em relação a isso, então é melhor combinar com o seu namorado para ele te ligar apenas nos horários em que estiver no quarto.

— Ele não é meu namorado — respondo.

— Não parece... — Ele pisca e fico sem graça.

Olho para os lados na tentativa de ganhar tempo para pensar em uma resposta boa o suficiente para explicar a relação que tenho com Miguel, mas não acho nada bom, então apenas reforço.

— É sério! — insisto. — Não tenho namorado.

Ele curva as sobrancelhas, estranhando. Até eu estou surpresa com meu surto.

— Já namorei a distância. Boa sorte com isso — responde ele, como se eu não tivesse dito nada nos últimos minutos.

Era irritante ter que corrigir as pessoas o tempo inteiro sobre o fato de eu e Miguel não estarmos namorando. Talvez a correção fosse mais o meu mecanismo de defesa tentando me fazer lembrar de que não posso fantasiar algo que não existe. Mas, de todas as opções, a melhor alternativa era ignorar e mudar de assunto.

— Ela era brasileira? — pergunto, engatando no tema porque sinto uma brecha. — Sua namorada, quero dizer.

— Sim... ela passou um tempo estudando aqui na França. Era amiga da Louise. Ela deve ter te contado.

— Pra ser sincera, não me falou não. — Solto uma risada encabulada. — Acho que seu relacionamento não foi muito relevante para a sua irmã.

Gabriel abre a boca, surpreso.

— É, talvez — responde ele, parecendo meio sem graça. — Fico feliz que estejam dividindo quarto. Vai ser importante para a Louise ter alguém como você.

— Como eu?

— É, uma amiga. Ela não é do tipo que faz amizade — diz ele, rindo, e concordo com a cabeça. — Mas parece que ela gostou de você.

— Eu sabia! — digo, animada. — Aquele jeito durão não me engana.

— Nem a mim, ela é a menina mais doce que existe. Só não confia muito nas pessoas. — Gabriel engole em seco e muda de assunto rapidamente. — Me avise se precisar de algo e não vá contra as regras daqui — fala ele, num tom autoritário. — Senão vamos acabar nos vendo sempre na detenção.

Nós dois começamos a rir.

Gabriel segue em direção à quadra de tênis. Fico feliz em saber que tenho alguém para praticar um dos meus hobbies preferidos. Já eu, volto para a sala de aula depressa. Louise parece menos estressada do que há alguns minutos. Assim que me sento ela pergunta, curiosa:

— Conseguiu? — sussurra ela. Fico estática com o questionamento. — Falar com o garoto.

— Ah! — Por um momento eu me esqueço de que saí da sala para falar com o Miguel. — A ligação caiu. Mas conheci seu irmão.

— Ah! — Ela me olha de esguelha. — Não se deixe levar por aquele porte atlético e cabelo de anjo. Gabriel é um mala.

— Vocês são iguais — respondo, rindo. —Literalmente irmãos gêmeos. Tipo a Sharpay e o Ryan, de *High School Musical*.

— Gabriel herdou os genes da paciência e da bondade, eu herdei os da impaciência e da vingança — responde ela, entre dentes. — Inclusive, estava pensando aqui. Gostei da sua ideia, vamos desbancar Dominique.

— Do que você está falando? — Encaro-a confusa.

O professor está escrevendo sobre genética no quadro. Já aprendi isso no Brasil, então ignoro as anotações que ele faz na lousa e me concentro na aparência dele. Fico surpresa ao perceber que ele se parece com o Sr. Cabeça de Batata, um dos personagens de *Toy Story*.

— Vamos nos unir para apresentar um belo uniforme e tirar esse poder das mãos dela — continua Louise, e parece estar muito feliz armando seu plano maligno. Não sei se gosto disso. — Que comece a segunda guerra românica.

Mais uma vez, fico surpresa com as referências do mundo da moda que minha colega de quarto traz. Louise está se referindo ao caso da briga entre a Dior e artesãs de Beius, um vilarejo na Romênia conhecido por coletes tradicionais. Em 2018, a marca se apropriou dessa cultura sem dar os devidos créditos e isso rendeu inúmeros processos e cancelamentos nas redes sociais. Essa indústria, ao mesmo tempo que é fascinante, também evolve muitas coisas ruins.

Saio de meus devaneios e volto para aquele momento. Não sei se estou disposta a encarar uma briga tão grande com Dominique. Já percebi que ela é tipo a Regina George, de *Meninas Malvadas*, nessa escola, e eu sou a novata. Mas não sou do tipo que deixa uma amiga na mão. Antes que eu possa pensar melhor, pisco para Louise e ela entende a minha aprovação. Vamos criar o melhor uniforme que um clube estudantil já foi capaz de criar. Afinal, não fui expulsa de casa apenas para comer deliciosos croissants. Estou na França e vou entregar conteúdo, aclamação e muita moda.

— E então, qual será o primeiro passo? — pergunto, cochichando, para que o Sr. Cabeça de Batata não brigue comigo.

— Vamos precisar de uma terceira pessoa. Só são permitidos trios para formar uma chapa — sussurra ela, olhando ao redor.

— Você não conhece ninguém?

Lanço um olhar atravessado para ela.

— Não sei se deu para perceber, mas não sou muito amiga da galera. — Louise olha mais uma vez ao redor, procurando alguém, e começa a dar risada. — É, eu não sou amiga de ninguém aqui.

Não sei exatamente há quantos anos Louise estuda e vive aqui, mas conhece tudo, inclusive me disse que os pais dela conheceram a minha mãe quando ela veio para a França pela primeira vez. Isso me faz pensar que talvez minha amiga tenha certa dificuldade em criar laços, ou talvez em acreditar em amizades de verdade. Ou apenas seja tão insuportável que é incapaz de criar boas relações.

Eu também me fechei muito depois que mamãe morreu, mas tenho em Júlia uma companheira para a vida. E talvez só ela baste. Ter colegas é legal, adoro alguém para fofocar, ir ao shopping comprar roupa ou dividir um prato de *cacio e pepe* quando não estou com muita fome; mas encontrar amizades verdadeiras é como procurar sua comida preferida no mercado depois de ter saído de um jejum intermitente. Existem várias opções, e todas parecem apetitosas, mas só uma vai te deixar feliz, para além de saciado. Amigos de verdade te proporcionam coisas melhores do que apenas conversas e risadas: enxugam suas lágrimas e respeitam suas fases difíceis.

Na vida sempre passarão por nós inúmeras pessoas, mas nem todas vão conseguir se manter presentes. A amizade verdadeira deve estar ali independentemente do que possa acontecer. Acho que Louise ainda não deu a sorte de encontrar, na vida dela, o que Júlia significa na minha.

— Seu irmão? — pergunto, pois também não conheço ninguém por aqui.

— Ele já faz parte do clube esportivo, não pode se candidatar a mais nenhum.

— Então vamos precisar fazer algumas amizades — respondo, determinada.

Já entendi que Louise tem problemas em estabelecer laços, e essa vai ser a oportunidade de solucionar duas questões de uma vez só.

— Isso é tarefa sua, você parece ser mais sociável — diz ela.

— Eu fico encarregada de pensar em um bom nome para nossa candidatura.

Eu sou, mesmo, mais sociável do que ela, mas tenho a impressão de que ela só está evitando ter que se arriscar. Louise me encara com um sorriso debochado no rosto.

— Ok! — concordo, um pouco esgotada de todo aquele vai e vem. — Adorei a ideia de viver a própria Cady Heron, de *Meninas Malvadas*.

— Não se anime, *chérie* — fala ela, olhando para mim inconformada. — Estamos na França. Isso não vai ser nem um pouco parecido com filmes norte-americanos engraçados. Vai ser mais assustador, tipo a Coco Chanel derrubando a Elsa Schiaparelli no candelabro.

— Nem brinca — respondo, assustada.

Louise dá uma risada e abro um sorriso aliviado.

— A diferença é que dessa vez o surrealismo vai vencer essa chatice francesa.

Nossos planos são interrompidos por uma voz retumbante

— *Mesdames, attention, s'il vous plaît!* — fala o Sr. Cabeça de Batata, de forma rude, e começo a suar de nervoso.

— Depois combinamos tudo. Vamos arrasar — digo, o mais baixo que consigo.

Finjo que estou escrevendo as anotações do quadro em meu caderno, mas na realidade já estou fazendo os primeiros rabiscos do futuro uniforme. Fazia tempo que eu não desenhava um croqui, mas certos dons a gente não esquece, mesmo sem praticar.

Fico entusiasmada com a possibilidade de desenvolver algo incrível e autoral, mas ainda mais feliz em saber que vou fazer isso ao lado de Louise. Gosto de saber que aos poucos estamos nos dando bem e que, apesar do começo não muito amigável, estamos desenvolvendo uma boa e verdadeira amizade. Já entendi que ela não é do tipo que confia nas pessoas. Talvez eu consiga fazer o meu papel de futura melhor amiga por aqui.

## CAPÍTULO 11

Eu poderia listar uma série de coisas que minha geração trouxe de volta e das quais tenho o mais puro pavor. Sem dúvidas, a estética dos anos 2000 é uma forte candidata a ganhar esse show de horrores. A cintura baixa me faz ter calafrios, e esse lado machista da moda, ainda mais. Mas o pior de tudo é o arquétipo de patricinhas metidas e arrogantes, que me dá náuseas.

*Ok*, eu sei que tecnicamente sou uma patricinha metida. Mas se tem algo que não sou é arrogante. Gosto de ser justa, e gosto ainda mais de reconhecer que vivo em uma condição de extremo privilégio. Não sou do tipo que acha divertido ser nojenta e faz da vida dos outros um inferno. Apenas a da Denise, mas tenho meus motivos.

Porém, se tem algo que já identifiquei na Dominique é que ela adora representar o papel de megera metidinha.

Eu e Louise entramos em uma espécie de refeitório e a cena que vejo me deixa embasbacada.

— O que está acontecendo aqui? — pergunto, assustada.

— Estamos no horário de almoço. Este é o nosso intervalo.

Aquilo tudo era um verdadeiro estudo antropológico ao vivo e a cores. Todos estão sentados em suas respectivas mesas e são de vários estilos diferentes. De um lado, um grupo de alternativos; do outro, uns com porte atlético; outra mesa tem um pessoal lendo uns livros enquanto come. Deve ser a mesa dos nerds. E no centro de todas as mesas Dominique e suas duas servas comem sem olhar para os lados. Ridículo e fascinante.

Vamos até o buffet e começo a me servir. A variedade de queijos e geleias é impressionante, e o cheiro é delicioso. Acho que até o podrão pós-balada da França deve ser gostoso. Só como comparação, a coxinha do intervalo no meu antigo colégio, que por sinal é um dos mais caros de São Paulo, era um verdadeiro horror. *Estou no paraíso.*

A diferença entre um filme dos anos 2000 e o que eu estava vendo agora é que na França, em vez de feijão enlatado, eles comem *boeuf bourguignon*. E em vez de jogadores de futebol temos jogadores de tênis no maior estilo *old money* que já vi. Todos os caras usam gel no cabelo e um suéter lindo azul-bebê que deve fazer parte do uniforme de tênis deles. Andam por aí segurando a raquete e se comportam de um jeito refinado.

Louise me puxa em direção à mesa no canto esquerdo da sala.

— Vamos nos sentar com meu irmão! — exclama.

Fico um pouco sem graça, mas não protesto. Na mesa estão outros dois caras que com certeza não vou saber como me comunicar.

— Mavi! — Gabriel me cumprimenta com um apelido que não escutava há anos. Era como minha mãe costumava me chamar. — Como foi a primeira aula?

— Ótima. Obrigada por ter me dado aquele toque sobre o celular — digo, ao mesmo tempo que tiro ele da bolsa para enviar uma mensagem para Miguel.

— Ora, mas não pode usar seu telemóvel aqui também, senão vão dar-te detenção — fala um dos amigos de Gabriel, num português com forte sotaque. Começo a rir da expressão "telemóvel".

— Você fala português?

— Ah! Esqueci de te avisar. Essa é a mesa dos colonizadores e da população que deu certo — brinca Louise. — Todos eles são portugueses. Aquele é o João e o outro, ali, é o Francisco.

— *Bonjour*, Mavi. — Os dois me cumprimentam em uníssono.

Sinto uma tranquilidade ao ouvi-los falando, apesar de muitas vezes não entender o sotaque português. Me faz sentir em casa. Logo engatamos numa conversa animada. Os meninos são legais, e por um momento até me esqueço de que fui exilada num universo novo, a muitos quilômetros de distância de casa, e que meu pai não fala comigo desde o dia em que cheguei.

A atmosfera descontraída acaba quando Dominique aparece sem que ninguém a convide, puxa uma cadeira e se senta ao lado de Gabriel. A tensão entre os dois me deixa desconfortável. Olho de esguelha para Louise, que parece tão incomodada quanto eu. Ainda sou nova nesse colégio, não entendo como as coisas funcionam, nem se Gabriel é como a irmã e detesta Dominique, mas o fato é que tem alguma coisa rolando por aqui.

— Estava procurando você por toda parte... — diz ela, em seu melhor inglês, enquanto brinca com o cabelo dele. — Sinto muito por não ter ido assistir ao seu jogo ontem, mas soube que você arrasou.

— Isso porque ninguém chamou você — fala Louise em português, e João e Francisco começam a rir.

— Não aprendi português ainda. Quando você vai me ensinar, Gabriel? — Dominique se aproxima dele, quase se sentando em seu colo.

Isso é patético. Detesto ver mulheres se humilhando para chamar a atenção de homens, ainda que eu não goste da mulher em questão. Parece que Dominique está tatuando "trouxa" em luz neon no meio da testa.

A única pessoa da mesa que parece gostar disso é Louise. Ela está com um olhar reluzente, como se estivesse vendo a coisa mais humilhante e deliciosa do mundo. Talvez esteja mesmo.

— Domi, depois nos falamos, ok? — Gabriel se levanta depressa, quase derrubando a garota. — Estou atrasado para o treino.

Dominique ergue a mão, tentando impedi-lo, mas é tarde demais. Vejo a expressão de felicidade sumir completamente do rosto dela, como se tudo ficasse triste dentro dela e uma energia ruim tomasse conta.

— Buá — Louise imita um bebê chorando. Depois, em português, completa: — Mais um fora para a vasta lista de humilhações de Dominique.

— Não faço ideia do que está falando, cunhada. Mas eu e seu irmão ainda vamos ser um casal — retruca ela, saindo irritada, e o clima na mesa fica ainda mais pesado.

Louise revira os olhos, dando uma mordida em seu pão com manteiga. Essas provocações não parecem atingi-la tanto quanto o uniforme estudantil. Eu entendo, esse uniforme é realmente horroroso.

Agora acho que esse quebra-cabeça está começando a se completar na minha mente. Minha teoria é que Dominique e Louise eram amigas, mas ela se apaixonou por Gabriel. Ele não quer nada com ela e a maluca acabou descontando a frustração expulsando Louise do grupo. Mas, se eu estiver certa, por que ela ainda segue passando tanta vergonha? Apesar disso, sei, por experiência própria, que a paixão nos faz agir de um jeito inexplicável.

Existem pessoas que parecem ter tudo, menos o que querem de verdade. Dominique volta para a própria mesa com o nariz em pé, fingindo que nada a abala, mas eu conheço bem, assim como ela, a tristeza que é a rejeição. Essa é a maior prova de que algumas vezes o amor é uma das riquezas que mais faltam na vida das pessoas.

Eu não estava muito convencida da minha teoria a respeito desses dois, mas não sabia também se já tinha intimidade o suficiente para perguntar a Louise a respeito. Acho que preciso me inteirar um pouco mais sobre o universo colegial dos franceses antes de julgar o que está acontecendo aqui.

Meu devaneio é abruptamente interrompido.

— Abram o perfil do Spotted Sainte École agora! — fala João, engolindo um pedaço de carne sem ao menos mastigar.

Louise pega o celular de João de forma discreta. Volta o olhar para mim e suspira desapontada. Não faço ideia do que está acontecendo, mas já percebi que não parece boa coisa.

— Eu sempre acho que a dona desse perfil é a Dominique, mas é impossível ela ter postado o que acabou de sair, já que estava sentada aqui dois minutos atrás — comenta ela, chateada, devolvendo o celular de João.

— Ela pode ter programado essa publicação, ou quem sabe alguma das capangas posta enquanto ela está fora — fala Francisco, também pegando o celular e olhando algo que não faço ideia do que seja.

— Podem me explicar? — digo, um pouco confusa.

— Alguém nesse internato assiste muito *Gossip Girl* e criou um perfil no TikTok com fofocas da escola. Você acabou de aparecer num vídeo.

— Eu? — Arregalo os olhos e me engasgo, olhando para o celular. Por essa eu não esperava.

É um vídeo meu de ontem correndo com as malas e destruindo as peônias da diretora do colégio. Se bem me lembro, Charles, o inspetor, disse que isso era falta grave.

— Ai, meu Deus do céu. Será que vou conseguir a proeza de ser expulsa do segundo país em que estou morando em menos de quarenta e oito horas? — pergunto, esgotada.

— Calma, esse perfil ainda não chegou para os baby boomers. — Louise me tranquiliza.

— O que estão dizendo na legenda, alguém poderia traduzir?

— Spotted: mais uma brasileira na área, e essa já está fazendo confusão. Será que a novata vai render bons conteúdos para o nosso internato como Gabriel? Ou será apenas uma figurante, como Loulou? — João engole em seco a risada quando percebe o ar furioso que Louise transparece. — Desculpa, Louise.

— E qual é o intuito desse perfil? — Apesar de estar preocupada com as consequências, quase dou risada com a possibilidade de viver a experiência clichê de um ensino médio digno de cinema.

— Fofocar — Francisco deixa escapar. — E irritar as pessoas, sabe? Criar confusão. Antes era um perfil de paquera, sabe como é, estamos em um internato com jovens cheios de hormônios à flor da pele, mas hoje em dia aparece de tudo. Inclusive algumas crônicas.

— Vocês acompanharam a tour sobre quem roubou os talheres do 506? Ontem saiu mais um... — começa João, contemplativo.

— É uma chatice, Mavi. Nem precisa perder seu tempo. — Louise para de comer e percebo que está sem graça. — Tudo em que precisamos nos concentrar agora é desbancar Dominique e começar nossa revolução dos uniformes.

O sinal toca e todos começam a circular. Vejo Dominique andando pelo corredor e sinto que ela me fuzila com o olhar. Percebo que está me tratando de um jeito completamente diferente da forma gentil com a qual me recepcionou ontem. Sei que andar com Louise foi uma declaração de guerra, mas não estou nem aí. Sou do tipo de pessoa que briga por uma boa amizade.

A minha terceira aula do dia é matemática, e Louise não está na mesma turma que eu. Isso me faz sentir desamparada e com medo. Antes de entrar na sala de aula, vejo que Dominique caminha para o mesmo lado que eu. Não acredito que vamos fazer essa matéria juntas. Isso sim é um tremendo problema.

— Mavi, aqui! — Eu me viro depressa e noto que Gabriel está na mesma sala também.

— Ufa! — Sorrio, animada. — Louise não está nessa turma, então é bom ter um rosto conhecido.

— Normalmente a diretoria do internato não nos deixa cursar as mesmas disciplinas na mesma turma. Quando éramos crianças, éramos muito bagunceiros.

— Justo, mas me parece que são até hoje. — Pego minha bolsa Longchamp e coloco na mesa ao lado da dele.

— Mas e aí, está gostando da França?

— Pra falar a verdade, não consegui aproveitar nada ainda. E do jeito que as coisas estão indo, é capaz de eu ser deportada antes de ao menos ver a Torre Eiffel.

— Por causa do vídeo naquele perfil do TikTok? — Ele dá de ombros e revira os olhos. — Não vai acontecer nada. Ninguém da direção do internato conhece ele, e olha que já tem mais de um ano.

— Então você já viu! — respondo, envergonhada, e ele inclina a cabeça para trás, rindo.

— Destruir as peônias da diretora é mesmo uma coisa que poderia te fazer ser deportada, Victória. Vou rezar pela sua alma.

— Para de rir da minha cara! — Dou risada e um tapinha em seu ombro. Assim que faço isso, vejo que Dominique se vira para mim com um olhar assustador. Ela realmente está na mesma turma que eu.

Sempre acho curioso quando vejo uma mulher com ciúmes, e me pergunto sempre se fico desse jeito quando sinto também. Acho que fomos ensinadas a estar em constante estado de alerta. É terrível. Nunca ficamos bravas com o cara, sempre ficamos bravas com as outras pessoas que também gostam da pessoa de que gostamos. O machismo é realmente uma droga.

Queria pegar Dominique pela mão e falar: "Escuta, eu não quero seu namorado... fica tranquila que também estou sofrendo e sentindo ciúmes de um outro cara". O ciclo é sempre o mesmo. Ficamos inseguras, sofremos com isso, não falamos a respeito para não acharem que somos loucas e por fim explodimos, com raiva da outra mulher, que muitas vezes nem está interessada na mesma pessoa que nós.

— Então, existe alguma possibilidade de a sua namorada ali ter criado esse perfil? — pergunto, enquanto abro meu caderno.

— Namorada? — fala ele com desdém. — A gente não namora. Nunca nem ficamos, nem nada. Eu temo pela minha integridade física.

— Louise acabaria com você. — Entro na brincadeira.

— E sem deixar rastros... — responde ele, dando risada. — Mas essa briga começou há muitos anos. Eu sou apenas a cereja do bolo.

— Sem querer ser invasiva... — falo, mas quem eu estou querendo enganar? Vou ser invasiva sim. — Mas por que tanto ódio? É tudo por causa do uniforme, mesmo?

— Também, mas elas eram amigas. O problema é que a Dominique não aceita que ninguém brilhe mais do que ela — bufa Gabriel, desanimado.

— Preciso de mais informações... Isso está muito vago.

Gabriel olha para cima, como se estivesse tentando se lembrar de algo.

— Acho que isso aconteceu por insegurança dela. Os pais de Dominique são muito ricos e ela sempre teve tudo. Louise começou a se destacar aqui no internato pelas boas notas e personalidade, e elas acabaram se tornando amigas — diz ele, e neste ponto seu olhar se torna sombrio. — Mas aí a Domi se sentiu ameaçada e começou a colocá-la pra baixo e fazê-la duvidar do próprio potencial.

Ele para de falar e volta o olhar para mim, como se estivesse fazendo uma confissão:

— É por isso que tenho tanto pavor de Dominique. Ela faz com que minha irmã não enxergue o quanto é especial e boa.

Sinto vontade de dar um soco em Dominique e um abraço forte em Gabriel. Eu imagino o quanto Louise deve se diminuir por conta dessa relação tóxica do passado. Já tive uma amiga assim quando era criança. Lembro da minha mãe indo até meu colégio e avisando a professora para ficar atenta àquele tipo de comportamento. Ela já havia percebido que tinha algo esquisito acontecendo ali.

Um tempo depois, minha mãe morreu, e a tal amiga continuou sendo uma cretina comigo. Na minha pior fase. E foi só assim que dei um basta nisso tudo, e me afastar por completo das pessoas foi a melhor opção. Eu entendi que me desgastar para fazer os outros gostarem de mim não é a melhor opção. Sempre justificamos atitudes grotescas das pessoas com "é só uma fase, essa pessoa gosta de mim, só está sendo um pouco difícil". Mas nunca é só uma fase. Não devemos esperar consideração e afeto de alguém que é cruel até consigo mesmo. Só faz mal ao outro quem é infeliz consigo mesmo.

Amizades tóxicas formam um buraco em nosso coração, mas principalmente constroem um abismo em nosso ego. Pessoas assim precisam diminuir o outro para conseguirem achar que estão no topo. Na verdade, essas pessoas nunca chegam no topo, só empacam no mesmo lugar e ficam tentando a todo custo nos empurrar para baixo delas.

— Fique tranquilo, Gabriel — digo, encarando-o fundo nos olhos. — Louise terá em mim uma amiga de verdade.

Com isso, quero deixar claro que estou dando minha palavra a ele, e seguro sua mão. Ele parece ficar emocionado.

— Obrigado — a voz dele soa trêmula. Já percebi que ele e a irmã são realmente muito próximos. — Mas agora me conta de você. O que te trouxe até aqui?

— Basicamente, minha mãe morreu e meu pai se casou com a secretária dele, que me odeia e tenta a todo custo ser como eu. Então acabei sendo expulsa de casa por isso.

Minha energia vai toda embora quando faço esse breve resumo, e tento pronunciar todas as palavras de forma engraçada e rápida. Se é que existe qualquer comicidade na minha tragédia.

— Nossa, isso é bem mais emocionante — comenta ele, e imediatamente sua expressão muda. — Sinto muito pela sua mãe, ela era uma pessoa muito legal.

— Você a conheceu? — pergunto, nervosa.

— Sim, eu era pequeno. Mas foi ela quem me deu minha primeira raquete de tênis.

Meu coração palpita como se eu estivesse em uma aula de crossfit. Poucos amigos meus conheceram minha mãe. Sempre que falo sobre ela, sinto uma tristeza por ninguém ter tido a oportunidade de ter desfrutado lembranças com ela.

— Ela era incrível... — falo com certa rouquidão, contendo o choro.

— Era mesmo...

Sorrimos um para o outro.

— Nunca soube o motivo da morte dela — diz Gabriel, olhando para mim e claramente esperando uma resposta, mas não sei se sou capaz. — Não precisa falar se não quiser.

Não quero mesmo. Então abro minha bolsa e pego o diário de viagem com todas as anotações, aproveitando para mudar de assunto.

— Olha, encontrei esse caderno de viagem da minha mãe com algumas dicas de Paris. — Entrego a ele. — Queria muito conseguir ir qualquer dia desses visitar os mesmos lugares que ela foi.

Ele começa a folhear o caderno, vendo todas as anotações da minha mãe.

— Jardins du Trocadéro? — ele pergunta, e assinto com a cabeça. — Bem clichê.

— Paris é um verdadeiro clichê. E eu amo isso — respondo, sem a menor vergonha. — Você pode me ajudar a conhecer todos os lugares?

Levanto os ombros e faço um biquinho sofrido para Gabriel, que se rende.

— Tudo bem, tudo bem, podemos combinar de ir um dia em alguns deles. — Ele sorri, rendendo-se. — Mas faço questão de te levar nos melhores lugares e mostrar uns diferentes desses também. Podemos ir para Paris nas férias de final de ano.

— Só no final do ano? — respondo, meio desapontada.

— Pode ser que dê certo irmos antes, se dermos sorte de alguma greve paralisar o internato... — fala ele, esperançoso. — O que é bem possível.

— Combinado!

Nos entreolhamos e consigo sentir que Gabriel me transmite sinceridade e afeto. Tenho me sentido acolhida por todos desde que cheguei. Talvez coisas ruins nos tragam boas histórias. Acho que ser expulsa de casa já me presenteou com duas grandes amizades.

## CAPÍTULO 12

— Ça va, papa! *Bonsoir*. Te amo — diz Louise, desligando o FaceTime com a família.

Eles se falam todas as noites.

— É engraçado vocês se comunicarem em duas línguas — falo, com a boca cheia enquanto devoro um saco de *madeleines*.

— Isso quando não emendamos um inglês também — retruca ela, roubando um bolinho e sentando-se ao meu lado. — Seu pai ainda não ligou?

Ela me pergunta de forma despretensiosa, mas isso faz algo gelar dentro de mim.

— Não... — respondo, meio sem jeito.

É tão surreal saber que estou aqui há três dias e meu pai sequer falou comigo. Sei que ele está irritado e chateado depois da confusão do dia do meu aniversário, mas tenho me sentido abandonada. Como em todas as outras vezes. Ter um pai ausente foi, sem dúvidas, uma das piores coisas que me aconteceram desde a morte da minha mãe.

Fico imaginando que talvez a culpa seja minha, por isso essa necessidade dele de ter outro filho. Vai ser um jeito de se livrar do castigo que é ter que conviver comigo. Uma criança pode ser a solução para a nova família dele, e pelo visto isso não me inclui.

— Já pensou em tomar a iniciativa de ligar para ele? — pergunta Louise, em tom de sugestão.

— Ele que me mandou para cá, então ele é quem deveria me ligar — bufo em resposta, impaciente.
— Sabe... a definição de reciprocidade é algo mútuo. Não adianta cobrar uma atitude do outro se você também não se esforça, *ma belle*!
— Ele deve estar viajando para fazer o tratamento da Denise e conseguir que ela engravide.
— Como tem tanta certeza disso? — responde ela, me encarando.
— É mais um pressentimento...
Sinto isso desde o segundo em que botei os pés para fora daquela casa. É como se minha saída fosse apenas uma libertação para que eles finalmente pudessem ser felizes.
— Eu também já tive problemas com o meu pai, sabia? — diz ela, e eu olho para Louise, esperando que continue. — Acho que toda menina tem *daddy issues*, no fim.
Ela respira fundo, como se isso pudesse ajudá-la a prosseguir com essa conversa.
— Um clássico! — reviro os olhos, pois já tive essa conversa com Júlia também.
— Acho errado justificar as ações deles com base na geração em que nasceram, mas nossos pais foram filhos de pais completamente ausentes, machistas e fechados — responde ela. — Essa falta de afeto é até compreensível.
— Mas não dá pra fazer com que falta de amor seja justificada com criação, né? — falo, revirando os olhos.
Louise concorda com a cabeça, mantendo o silêncio por algum tempo, mas então parece ter coragem de seguir com o assunto.
— Sei que não dá, por isso faço minha parte para quebrar um pouco esse gelo — fala ela, e percebo que Louise é realmente um ser humano superior. — Quando nos mudamos para a França, meu pai fazia questão de acompanhar todos os jogos do meu irmão. Mas quando era para assistir a qualquer apresentação minha, ele sempre dava uma desculpa de que tinha que resolver qualquer

coisa no restaurante ou que estava atarefado demais. No fim, só minha mãe ia.

— Nossa! — falo, boquiaberta.

O Marco me pareceu tão simpático e dedicado à família!

— Pois é, e todas as vezes eu buscava uma validação dele, perguntando se o que eu fazia era bom. Mas parecia sempre que nada do que eu fazia era bom o suficiente para ele — conta ela, e é *exatamente* assim que me sinto. — Isso me rendeu muita insegurança. Era como se eu não fosse boa o suficiente para nada na vida. Às vezes, ainda me sinto assim.

— Como fez para isso passar? — pergunto, interessada. — Digo, agora vocês parecem tão bem!

Queria poder superar isso.

— Terapia. — Ela dá uma longa risada. — Mas eu também conversei com o meu pai e ele topou ser mais participativo. É duro ter que pedir uma coisa assim, mas às vezes é necessário. Faço minha parte até hoje. Os benefícios que isso causou em mim são inúmeros, mas não posso dizer que não foi um trabalho construído a dois. Você devia tentar!

Louise tem razão. Eu não estou nem tentando. As falhas do meu pai provocam em mim uma dependência emocional absurda. É como se eu precisasse, a todo custo, competir pela atenção dele com tudo e com todos. Nunca sou e nunca pareci ser a primeira opção dele, considerando o trabalho e até mesmo Denise. E é duro perceber que preciso dessas migalhas de afeto.

O nosso mal é esperar que quem nos quebrou volte para nos consertar. Somos nós que precisamos nos reerguer, e é nosso dever mostrar ao outro as rachaduras que ele deixou em nossa alma. Machucar alguém não deveria ser confortável, mesmo que sem intenção. Mas bom, falar é fácil, já colocar em prática...

Olho para o relógio. Está quase no final do expediente no Brasil. Preciso ligar para ele. Tento ligar para ele através de uma videochamada, mas ele não atende. Ignoro a falha e tento mais uma vez. Três chamadas depois, desisto.

Mudo de estratégia e ligo para a sala dele no escritório, mas também não tenho sucesso. Já perdendo as esperanças, ligo para o telefone fixo da minha casa e nada acontece. Minha última alternativa é ligar para Denise. Engulo todo o meu orgulho e disco o número dela. Nada. O que será que aconteceu?

— Ninguém me atende! — digo, preocupada.

Meu coração está acelerado no peito e meu rosto está quente. Já senti isso outras vezes. É o medo do meu pior pesadelo se tornar real e eu ficar órfã por completo.

— Calma, eles podem estar só sem sinal — fala Louise, tentando me tranquilizar.

Tento me acalmar e pensar de modo lógico, mas é impossível que todos estejam sem sinal. Ainda mais levando em consideração que liguei no telefone do escritório do meu pai também.

— Vou ligar para a minha prima.

— Isso! — responde Louise, fazendo um sinal com as mãos para que eu tente mais uma vez.

Sei que pode não ter acontecido nada além do óbvio: a correria da rotina de trabalho. Mas estou irritada com tudo isso.

Basta apertar o botão de chamada no FaceTime para Júlia me atender em menos de quinze segundos.

— Ju! — falo, animada. — Finalmente alguém me atendeu.

— Vih! — responde ela, abrindo um sorriso. — Quero saber de tudo! Você já beijou algum francês gato ou um londrino gostoso tipo *Emily em Paris*?

— Não! — falo, soltando uma risada. Já estou com saudades dessa maluca. — Escuta, você sabe onde meu pai está?

— Opa... — diz minha prima, sem jeito, e se cala imediatamente.

— Aconteceu alguma coisa com ele? — Sinto meu coração gelar e minha respiração fica mais lenta.

— Não, nada aconteceu, juro — fala Júlia, rapidamente, parecendo nervosa, e sei que está escondendo algo de mim. — Mas espera.

Vejo pela tela do celular quando Júlia se levanta da cama e anda em direção à porta do quarto. Fecha e depois retorna para a cama. Sei que está prestes a me contar algo que eu não deveria saber. Ou que pelo menos não gostariam que eu soubesse.

— Você estava certa, Victória... — cochicha ela. — Acho que eles estão mesmo tentando engravidar.

Arregalo os olhos. Sei que cogitava essa possibilidade, mas escutar a confirmação me deixa chocada. Assim que olho para o lado, vejo que Louise está com as mãos na boca, tão surpresa quanto eu.

— Eu sabia! — grito histericamente. Ainda indignada, não consigo conter a pergunta: — Mas como você descobriu?

— Minha mãe não pode nem sonhar que eu te contei isso — insiste Júlia mais uma vez. — Mas hoje pela manhã, ela os levou até o aeroporto. Estão indo para Miami e ninguém me disse o motivo.

— Eles podem estar apenas indo curtir um momento a dois. Denise adora Miami.

— Sim — assente Júlia. — Eu também pensei nisso. Mas depois que minha mãe saiu, vi o e-mail aberto e encontrei uma mensagem com um pagamento para um hospital maternidade em Miami.

— Ai. Meu. Deus — falo, pausadamente. — Então isso é real?

Olho para Júlia, que está com os olhos grudados no celular, quase sem piscar. Mordo o lábio inferior, nervosa. Ela ainda não respondeu, mas já sei o que vai falar.

— Sim... — solta ela, finalmente. Minha prima não esboça reação alguma. — Acho que Denise vai tentar um método diferente.

— E ninguém achou que seria legal me contar?

— Eu tô te contando agora.

— Só você! — falo, enquanto as lágrimas já percorrem meu rosto. — Ninguém me ama nessa família.

— Não, Vih! — ela fala de forma doce, mas nada adianta agora. — Você só foi para a França porque seu pai sabe que você seria contra a gravidez da Denise.

Está bem claro que meu pai não parece empolgado em compartilhar comigo seus novos planos para a família.

Desligo o telefone e fico estática, jogada na minha cama, enquanto olho para o teto. Louise fica sem jeito e não sabe muito bem o que fazer. Dou um meio sorriso para ela, que entende o recado e se senta na beira da minha cama. Cuidadosamente, começa a mexer no meu cabelo da mesma forma que minha mãe fazia.

Me sinto grata pela amizade improvável dela. Não sei o que faria se tivesse que lidar com essa bomba sozinha e em uma escola nova do outro lado do oceano.

Apesar disso, sinto como se tivesse um buraco no meu coração que não consigo mais preencher. E tenho certeza de que uma criança não o preencheria, também.

Será que meu pai pelo menos se lembra de que eu existo? Ou já me trocou pela companhia da nova esposa e do novo filho? Tenho me sentido cada vez mais invisível, e essa foi só a confirmação terrível que me faltava. Não me encaixo mais na minha família.

Eu me recuso a chorar dessa vez, mas é em vão. Nesse momento, me odeio por estar chorando, me odeio por todas as vezes que deixei a relação com meu pai estragar minha realidade e por todas as vezes que nos faltou comunicação, o que nos levou a essa situação. Mas também sei que, se eu não tivesse sido tão radical e rebelde com minhas decisões, as coisas estariam muito mais fáceis entre nós.

Quando me decepcionei pela primeira vez com ele, pensei que nunca mais sofreria daquele jeito, mas aí percebi que não importa se foi a primeira, a segunda ou a décima vez. Quando alguém nos faz sofrer, isso vai latejar em nosso corpo como se fosse a primeira vez.

Um silêncio tenso domina o ambiente por alguns segundos que parecem horas. Finalmente, minha amiga o quebra com uma tentativa.

— O que posso fazer para ajudar? — solta ela, parando por um segundo e olhando para mim. — Vai ficar tudo bem… sempre fica.

Louise me puxa para um abraço e me acalenta.

— Não estou com essa sensação — balanço a cabeça, discordando.

— É porque você está machucada, mas nenhuma dor é eterna.

Paro por um momento, minha cabeça num turbilhão, mas a pergunta que sai parece ter vindo do fundo da minha alma.

— Como seria minha vida se minha mãe não tivesse morrido?

Louise para, olha fundo nos meus olhos e parece pensar um pouco.

— O que você acha que teria sido diferente? — ela fala, finalmente.

Consigo sentir meu maxilar apertado para não chorar mais do que já estou fazendo. No automático, respondo com a primeira coisa que vem à minha mente.

— Não sei tudo o que teria sido de diferente, mas sei que talvez eu não estivesse onde estou agora.

— Mas sabe, talvez fosse melhor fazer as pazes com o seu passado em vez de projetar um futuro que não existe.

Sinto o soco em meu estômago. *Um futuro que não existe.* Sim, nunca vai existir essa possibilidade de ter minha mãe aqui comigo me consolando. Não posso contar com isso, o máximo que posso é me contentar com o fato de ter suas poucas memórias e seu diário de viagens.

Louise continua sentada à minha frente enquanto eu salto da cama e caminho de um lado para o outro, meio perdida. Abro a gaveta do armário procurando pelo diário. Ler algumas palavras da minha mãe é como senti-la próxima de mim.

Quando acho, abro-o em uma página qualquer, vejo colada uma foto dela e do meu pai comendo escargot em um restaurante chamado Chez André. Fico enjoada só em pensar em comer lesma.

Embaixo da foto, tem um texto escrito por ela.

> NO AMOR, PRECISAMOS RESPEITAR A INDIVIDUALIDADE E AS DECISÕES DE CADA UM E ENTENDER QUE O OUTRO É UM SER HUMANO ÚNICO E ESPECIAL, DIFERENTE DE QUEM NÓS SOMOS.

*A PRIMEIRA VEZ QUE ESTIVE NO CHEZ ANDRÉ FOI LOGO APÓS SER PEDIDA EM CASAMENTO. EU ESTAVA ANSIOSA PARA EXPERIMENTAR O TAL ESCARGOT, E DISSERAM QUE ESSE SERIA O MELHOR RESTAURANTE PARA ISSO. ESTAVAM CERTOS. MAS O RAFA NÃO QUIS PARTICIPAR DESSE MOMENTO E SE RECUSOU A COMER, DIZENDO QUE ERA NOJENTO DEMAIS PARA ELE. VOLTAMOS A PARIS ALGUMAS VEZES, E EM TODAS ELE SE RECUSOU.*

*NESTA VIAGEM, TIVE O PRAZER DE VER MEU MARIDO COMENDO ESCARGOT PELA PRIMEIRA VEZ. ADIVINHA? ELE DETESTOU. O QUE FICA DE LIÇÃO É QUE NO AMOR DEVEMOS ENTENDER QUE NEM SEMPRE O OUTRO SERÁ IGUAL A VOCÊ EM TUDO. AS PESSOAS NÃO SÃO IGUAIS, MAS APRENDEM A AMAR O DIFERENTE. SE VOCÊ FORÇAR O OUTRO A CORRESPONDER AO QUE VOCÊ ESPERA DELE, SEMPRE IRÁ SE FRUSTRAR.*

— Socorro! — digo, jogando o diário no chão e caindo na minha cama.

— O que foi? Você está pálida! — Louise se abaixa e pega o diário, levando-o para cima da cama.

— Acho que minha mãe falou comigo. Agora. Através desse diário.

Franzo as sobrancelhas, confusa. O que foi que acabei de ler? Ela estava falando comigo, não estava? Ou estou ficando maluca?

— O que aconteceu? Você enlouqueceu — fala Louise, gargalhando alto. Mas continuo assustada.

— Juro — respondo, nervosa. — Foi como se fosse uma resposta para o que eu estou sentindo. Preciso respeitar a vontade do meu pai de ter um filho.

— Agora eu tô preocupada — diz Louise, medindo minha febre. — Você está delirando?

— Não. — Tento me recompor e empurro de leve a mão dela. — Mas talvez esse caderno de viagens não seja apenas um caderno.

Talvez ele também seja a chave para que eu faça as pazes com o meu passado.

— Isso é bem poético... — Louise ri. — Mas acho que já está muito tarde e você ainda deve estar sofrendo um pouco com a adaptação ao horário. Vamos dormir.

Louise apaga as luzes e se cobre com o lençol, e eu faço o mesmo depois de guardar o diário.

— Ah, amanhã vamos dar nosso primeiro passo para podermos desenhar os uniformes do ano que vem — fala Louise, meio sonolenta.

— Eba! — respondo, entusiasmada, tentando me esquecer da situação estranha que acabou de acontecer. — Não vejo a hora de dar o que Dominique merece.

— Esse é o espírito.

Fecho os olhos, mesmo que não esteja com tanto sono. Um sentimento de vazio me preenche. Acho que esse diário ainda vai conseguir me mostrar muito mais do que pontos turísticos.

## CAPÍTULO 13

— Que droga! — Louise fica em pé, chateada. — Nunca teremos um bom nome.

Estamos há quase três horas sentadas debatendo sobre o nome da nossa chapa para o concurso de uniformes do ano que vem. As inscrições começaram ontem, e claro que até agora a chapa de Dominique não tem oponentes. É a única inscrita. Temos até o início da próxima semana para enviar nossa proposta. Ainda falta uma terceira pessoa para participar da nossa chapa e um nome com personalidade o suficiente para desbancar a megera.

Já é a quinta vez que Louise anda de um lado para o outro com um caderno na mão. Sinto que a qualquer momento ela vai abrir um buraco no chão com tanta ansiedade. Já eu, tenho mais outros vários motivos para ficar ansiosa, e isso tem sido ao menos uma distração.

— Acho que precisamos ir por outro caminho... — desabafo, finalmente. — Acho que esse nome vai acabar surgindo naturalmente.

— Mas não tem como surgir naturalmente se não pensarmos nele! — exclama ela, com nervosismo. — Vou consultar mais alguns livros.

Estamos na biblioteca do internato. É enorme, com prateleiras tão altas que me pergunto como alguém consegue limpar isso sem ter crise de labirintite. Já olhamos dezenas de livros, e até agora o nome mais legal que surgiu foi Brasiliere. Fazendo referência a brasileiras, sacou? É, uma droga.

Louise volta com mais alguns livros, mas minha visão já está turva e a única coisa que tenho interesse em ler agora é o diário da minha mãe, então tiro-o da mochila. Ultimamente ele tem sido um amuleto da sorte, e levo-o comigo para todos os lugares.

Folheio algumas páginas até encontrar uma colagem de uma foto da minha mãe em frente a um palácio; ao lado, o desenho de um croqui que mais parece um vestido de noiva. Me recordo de ver algumas fotos do casamento dos meus pais e me lembro de que mamãe desenhou o esboço do próprio vestido, que no final foi feito pelo Sandro Barros.

MUSEU GALLIERA

Como vir a Paris e não passar por um dos lugares que me inspirou na minha profissão? Quando conheci Rafael, era meu grande sonho ser estilista. Já ele, sempre teve um espírito empreendedor. No final, acho que nosso casamento uniu, além do nosso amor de jovens apaixonados, a vontade que tínhamos de brilhar em nossas respectivas profissões.

Claro que ainda pretendo ter minha própria marca, mas a possibilidade de negociar a vinda de marcas tão relevantes para o Brasil através dos shoppings da família de Rafael me preencheu bastante por um tempo. Hoje, não mais. Ainda pretendo ter minha própria marca. Engraçado que, quando me param na rua e me chamam de pioneira no ramo da moda por ter conseguido que o Brasil também fosse casa para grandes maisons como Chanel, Dior, Celine, fico imensamente satisfeita. Mas não vou dizer que não é esquisito. Antes de ser a mulher adulta e empreendedora do ramo da moda, já fui a jovem que entrava em um museu de moda e se sentia perdida com tantas referências.

Fico em transe durante toda a leitura. Nunca soube que ela queria ter uma marca própria. Estou abismada com esse novo fato.

Claro que eu sempre soube que minha mãe foi referência no cenário da moda do Brasil. Quantas vezes algumas pessoas me pararam para falar: "Que saudades da sua mãe, ela era minha referência". Minha mãe é sempre lembrada pelo seu bom gosto e elegância, mas também pelo olhar aguçado que tinha para o empreendedorismo. Meu pai sempre disse que tinha sido ela quem tivera a ideia de criar uma revista de moda do próprio shopping na qual as clientes tinham acesso às novidades de todas as marcas de forma resumida, quase que uma página do Instagram, mas na época em que ele ainda nem existia, ou como quando ela conseguiu divulgar o mercado de luxo de uma maneira tão genial e natural que é imitada até hoje por influenciadoras. Tudo isso ajudou a transformar a rede de shoppings da família do meu pai no que ela se tornou; se não fosse pela minha mãe, talvez ainda tivéssemos no máximo uma loja de artigos de luxo nos bairros nobres de São Paulo e olhe lá.

E pelo que estou lendo em seu diário, além de tudo, ela também queria ser estilista. Fico me perguntando por que ela desistiu dessa ideia. Olho para o lado e vejo minha amiga devorando mais um livro na tentativa de encontrar o que procura. Eu me mantenho fiel à leitura do diário.

> AS PESSOAS PENSAM QUE MODA É ALGO GLAMOUROSO, QUE TODO MUNDO AMA E VALORIZA, OU QUE É FÚTIL E DESNECESSÁRIO, MAS NA VERDADE NINGUÉM SABE COMO É ENLOUQUECEDOR E COMPETITIVO TRABALHAR COM ISSO. EU TAMBÉM NÃO SABIA. DUVIDEI DO MEU POTENCIAL PARA ISSO DURANTE MUITOS ANOS, MAS ME LEMBRO DE SENTAR DO LADO DE FORA DO MUSEU DE MODA DE PARIS, NO JARDIM COM A ARQUITETURA DE BEAUX-ARTS, E REPETIR PARA MIM MESMA: "AINDA VOU ABRIR MINHA MARCA E ELA SE

CHAMARÁ GALLIERA". A MODA DEVE NOS INSPIRAR, E NÃO NOS APRISIONAR. A MODA DEVE SER MINHA PAIXÃO, E NÃO MINHA MAIOR FRUSTRAÇÃO. A MODA TEM QUE ME FAZER PULSAR, E NÃO ME AMEDRONTAR. SE TIVERMOS CONFIANÇA EM NOSSO TRABALHO, NÃO PODEMOS DEIXAR A CONCORRÊNCIA NOS ASSUSTAR.

— Galliera! — consigo dizer, ainda meio zonza pela quantidade de informações e sentimentos que aquelas páginas acabaram de me transmitir.

— Hã? O quê? — Louise levanta a cabeça sem entender muito bem. — Do que está falando?

— O nome da nossa chapa vai ser Galliera, assim como o museu de moda de Paris.

Minha amiga dá uma risada que eu reconheço bem. Apesar do pouco tempo que passamos juntas, já consigo entender pequenos sinais como esse. Dá pra perceber que ficou entusiasmada com o nome tanto quanto eu.

Ela está vibrando de animação e me dá um beijo na testa, comemorando com avidez. Nós nos abraçamos e pulamos animadas na biblioteca até a inspetora pedir silêncio pela quadragésima vez.

— Você e essa sua cabecinha brilhante! — Sua voz é doce e quase histérica. Temo pela saúde da inspetora, que fica vermelha mais uma vez. — Tá, já resolvemos um dos problemas. Só temos mais um.

— Qual? — pergunto, sem me recordar muito.

— O terceiro integrante da nossa chapa! Precisamos fazer uma amizade sincera.

Sou obrigada a rir disso. Louise realmente não faz a mínima questão de ser simpática com ninguém, e duvido muito que qualquer pessoa em sã consciência faça questão de entrar na nossa chapa assim, do nada. Vamos ter que subornar alguém, mas ainda não sei como.

Começamos a organizar a bagunça que deixamos no corredor da biblioteca antes que alguém venha nos dar outra bronca.

Enquanto guardamos os últimos livros e revistas, Dominique aparece com um sorriso malicioso.

— Fiquei sabendo que vocês vão participar do desfile — comenta ela, com uma expressão curiosa no rosto.

— Sim, vamos! Já temos um nome para a nossa chapa, inclusive — respondo de supetão, mas logo Louise me dá uma cotovelada nas costelas e fico quieta.

— Que você não vai saber agora, porque se eu bem te conheço, vai dar um jeito de usar isso contra nós — completa Louise, e Dominique revira os olhos. — Que vença a melhor.

— Tudo pelo bem do colégio, cunhada! — A voz dela é ácida como um limão. — Mas vem cá... quem será a terceira integrante da chapa de vocês? Quem topou essa maluquice?

Eu e Louise nos entreolhamos sem saber o que dizer, apenas ficamos nos encarando e fingindo que não vamos contar. Dominique cai feito uma patinha e sai bufando, impaciente, corredor afora.

— Realmente temos um problema — digo, insatisfeita.

— Eu queria que alguém caísse do céu. Alguém que não fosse dar trabalho e não me irritasse, como quase todas as pessoas desse colégio.

— Ou seja, temos um problema — repito.

Sei que minha mãe tem me dado ótimos conselhos através de seu diário, mas duvido que ela consiga me trazer alguém nessa altura do campeonato. Isso vai ser por nossa conta.

Me despeço da minha amiga e sigo para a aula de matemática, que é a única que fazemos separadas e que, infelizmente, faço com Dominique. Minha única alegria é saber que tenho Gabriel como companheiro, mas já sei que hoje ele vai faltar para ir ao treino das semifinais de tênis.

Entro na sala e me sento no local de sempre, e a cadeira ao meu lado segue vaga. Claro que ninguém se interessou em sentar com a estudante brasileira intercambista que não sabe falar mais do que *"bonjour"* e *"pardon"*. O professor começa a aula explicando sobre regra de três. Tenho a sensação de que aqui na França eles aprendem tudo com uma certa lentidão em relação ao Brasil. Mas ignoro, então continuo fazendo minhas anotações.

— Pessoal, para o próximo exercício, preciso que formem duplas — fala ele, em alto e bom som, e fico imóvel.

— *Salut* — escuto, baixinho.

É uma menina que sempre vejo no banco da frente da aula. Sei que ela está na turma, mas sempre no canto dela. Ela é bonita, com seus olhos puxados e cabelos pretos compridos.

— *Ça va?* — eu me limito a dizer. É patético que eu esteja aqui há quase uma semana e não consiga formular uma única frase.

— Me chamo Aimée, qual o seu nome? — pergunta ela, em inglês. *Graças a Deus!*

— Victória! — digo, sorridente. — Quer fazer dupla comigo?

Ela parece um pouco relutante, mas finalmente assente com a cabeça e se senta ao meu lado, abrindo o caderno imediatamente.

— De onde você é? — pergunto, curiosa.

— Tailândia. Mas moro na França há muitos anos.

Ela parece tímida e não me dá muita bola. Sigo anotando meus exercícios até me lembrar de que preciso fazer amizade. E acho que Aimée caiu do céu. Talvez ela seja o terceiro elemento da nossa chapa.

— Você gosta de moda? — pergunto, tentando achar algo em comum entre nós.

Aimée me olha de canto de olho sem entender a pergunta. Não acho que ela tenha me levado a sério, então insisto mais uma vez.

— Você gosta de roupas e coisas do tipo?

— Ah, adoro ir na Zara e na H&M — responde sem jeito.

Certo, preciso deixar mais claro da próxima vez que eu fizer um pedido ao universo e especificar o que preciso. Gostar de moda e adorar ir à Zara são duas coisas totalmente distintas, mas não posso reclamar muito. Afinal, estou com um prazo curto para fazer essa amizade acontecer.

— Legal, também gosto de algumas coisas da Zara — comento, sorrindo para deixá-la mais confortável. — Sabia que no colégio tem um concurso de uniformes para escolhermos qual será o do próximo ano? É tipo um desfile de moda.

— Sim, e não vejo a hora de trocarem esse — desabafa ela. Percebo que ganhei sua confiança. — Ele me deixa desconfortável.

— Jura? Também detesto. Me sinto a Olivia Rodrigo no clipe de "Good 4 U".

Nós duas começamos a rir e Aimée parece baixar a guarda. Até que sou boa nesse negócio de fazer amigos. Ponto para mim.

— Você vai participar de algum clube estudantil? — questiona ela, e noto que estou no caminho certo.

— Eu queria formar uma chapa para vencer o concurso de uniformes, mas infelizmente preciso de mais uma pessoa para isso — completo com uma carinha triste e então desato a falar. — Aimée, você super poderia participar comigo.

Coloco a mão na boca, como se estivesse tendo a ideia mais brilhante do mundo. É, talvez eu esteja mesmo.

— Eu? — Ela fica surpresa. — Não sei me vestir como você.

— É por isso mesmo que preciso de você, sua boba — falo, me aproximando mais dela. — Nossas diferenças vão nos transformar em uma dupla imbatível.

— Ah... não! — A voz dela fica rouca. — Não levo jeito para essas coisas. Além do mais, a chapa da Dominique não é páreo para ninguém.

Incrível como todas as pessoas desse colégio idolatram Dominique. Para mim, ela parece apenas uma fã frustrada da Hailey Bieber, que nem estilo definido tem. Tá bom, ela tem o cabelo sedoso, mas essa é sua única qualidade.

— Aimée, a moda não é lugar para nos frustrarmos. Você mesma disse que detestou esse uniforme. E tem o poder de mudança e voz — falo como uma política em época de eleição. — Vamos fazer isso acontecer.

— Mas e se não der certo?

— A gente tentou, pelo menos. — Sorrio para ela.

## CAPÍTULO 14

*Tcha, tcha, tcha!*

O barulho da bola batendo no chão é emocionante. Gabriel não parou de treinar nenhum segundo desde a hora que cheguei. Mandei uma mensagem para Louise pedindo que viesse até aqui para eu contar a novidade: Aimée aceitou participar da nossa chapa!

Tive que usar muito das minhas habilidades de persuasão, mas consegui! Seremos duas brasileiras e uma tailandesa. Não sei se os europeus vão aceitar isso com muito bom humor, mas pelo menos ainda estamos no jogo.

O clima na quadra está tenso, e eu nem ouso respirar. A bola vai de um lado para o outro, me hipnotizando, até que bate fora e Gabriel urra de raiva. Para um atleta, perder uma partida é como perder a vida. Na verdade, não sei se acho isso poético ou doentio. Prefiro não opinar.

Ele sai da quadra, enxugando-se com a toalha e com o semblante sério e fechado. Mas, assim que nota minha presença, abre um sorriso feliz. Seu rosto se transforma, e consigo notar uma leveza no olhar. Prefiro o Gabriel assim.

— Você só vai me ver estressado em campo por agora — ele fala, me dando um abraço. Mas está todo suado, o que me faz soltar uma careta por acidente. — Desculpa.

— Sem problemas. Quando é o grande jogo?

— O grande jogo é apenas no mês que vem, mas as semifinais são daqui a duas semanas. Preciso treinar mais se quiser chegar nelas. — A expressão dele muda de novo para uma de ansiedade.

— Seria a primeira vez que você chegaria a uma final?

Ele tenta melhorar a expressão de seu rosto, mas o nervosismo dele é nítido demais para conseguir esconder. Gabriel é o típico cara que não consegue esconder sentimentos. É sincero demais para isso. Fofo.

— É, ano passado fui eliminado na semifinal — responde, ficando triste ao relembrar. — Mas não vamos falar disso. Louise me disse que você sabe jogar tênis.

— Ah, saber jogar é muito forte. Não gosto de criar expectativas... — brinco, e ele abre um sorriso. — Mas até que sei um pouco.

Falo com bastante convicção. O último professor que tive disse que eu levava muito jeito, então prefiro acreditar nisso. Apesar de achar que os elogios dele eram baseados no bom salário que recebia.

— Então vamos jogar — exclama ele, entusiasmado.

— Claro, me chama qualquer dia.

— Não! — Ele se levanta rapidamente. — Agora. Vamos jogar agora.

— Agora? — Fico surpresa. — Não tenho raquete.

Gabriel desce as escadas e pega uma raquete qualquer dentro de uma bolsa. Continuo esperando, até que ele volta para a arquibancada e me entrega.

— Quero ver se você é boa mesmo.

— Eu sou competitiva! — Pisco para ele.

Gabriel bate palmas, empolgado com a decisão. Entramos na quadra e começamos a partida. Ele deve estar pegando leve por consideração. Ninguém merece ser humilhada por um jogador quase profissional.

— Você manda bem! — grita ele, enquanto arremessa outra bola.

— Eu sei! — respondo com convicção, me achando.

— Vou acelerar um pouco mais!

Então Gabriel corre para o outro canto da quadra enquanto fico em alerta esperando pela bola. Ele joga para a direita enquanto corre para a esquerda, e vou com rapidez até a frente da rede, conseguindo encaixar um *backhand*. Ele arregala os olhos e bate palmas, como quem diz "até que você dá pro gasto". É minha vez de sacar, e claro que perco. Nunca sou boa sacando. Então é a vez dele de novo, e a bola quica de um lado para o outro. Ambos corremos com muita vontade para marcar o ponto decisivo. Por fim, ele faz um *lob*, o que me faz perder.

— Não valeu! — digo, gargalhando. — Ainda não cheguei nesse nível.

— Você me parece muito boa! — afirma ele, voltando para os bancos.

— Já vi esse filme antes... — Louise aparece rindo, mas com um certo amargor na voz. — Seria um déjà-vu?

— Para com isso! — Gabriel joga a toalha molhada nos braços da irmã.

— Ai, que nojo!

Acho que isso é algum tipo de brincadeira deles, mas não consegui entender muito bem. Minha amiga sorri para mim, esperando que conte a novidade. Ela não precisa dizer nada para que eu comece a desembestar a falar.

— Ok, já podemos nos inscrever! — falo, praticamente pulando de alegria.

— Quem é a terceira integrante dessa girl band? — pergunta ela, curiosa. — Você está aqui há uma semana e já tem mais contatos do que eu, que orgulho!

— Aimée Song — falo, como se ela a conhecesse.

— Quem?

Louise levanta as sobrancelhas, me encarando sem se recordar de Aimée. Talvez elas realmente não se conheçam, até porque esse lugar é enorme.

— Aimée? — ela questiona. — A tailandesa que usa meias de poá com Adidas?

— É, não me atentei a esses pequenos detalhes.

— Não são pequenos detalhes. — A voz dela fica mais grave. — Por que você não fez amizade com uma francesa?

— Porque elas não têm sido muito receptivas comigo — respondo.

— Com poucas pessoas, infelizmente... — confessa Gabriel.

— Dominique é legal com você — falo, sem pensar muito.

— Isso é porque ela quer beijar ele — retruca Louise, e nós três começamos a rir.

É incrível a obsessão de Dominique por Gabriel. Ontem, durante a aula de matemática, ela não tirou o olho dele, e certas horas fiquei até meio com medo.

— Aimée parece legal — comenta Gabriel enquanto termina de arrumar sua bolsa. — Mas, realmente, moda não me parece muito o forte dela.

— Moda é expressão. Não é porque você não acha bonito que não é moda. — Solto um suspiro alto, tentando defender minha escolha. — Ela está disposta.

— Ok! — Louise recupera a paciência. — Pelo menos alguém topou participar dessa maluquice. Contanto que meias de poá não sejam obrigatórias, eu aceito.

— Por favor! — suplica Gabriel.

No meio de tudo isso, meu telefone toca, sinalizando uma mensagem de Miguel. Ele não tinha respondido minhas últimas e passamos quase dois dias sem nos falar. Acho que ficou chateado por eu ter desligado a videochamada na cara dele, mas o que eu poderia fazer?

**Miguel:** Foi mal, gatinha, tô estudando muito pras provas.

**Victória:** Quer me ligar mais tarde?

**Miguel:** Infelizmente não consigo :( vou sair com meus amigos.

Essa conta não fecha. A voz de Denise passeia pela minha mente. *Prioridades e tempo de qualidade.* Realmente, Miguel não tem me oferecido nenhum dos dois. Não é como se eu esperasse que ele falasse comigo a todo segundo, mas o mínimo? Nem o mínimo ele é capaz de me oferecer?

Às vezes, a energia que você deposita na relação não compensa a saúde mental que gasta com ela. Ainda me surpreendo com a falta de dedicação de algumas pessoas. E sei que preciso parar de me questionar sobre o motivo para a pessoa não estar dando o seu melhor e começar a entender que talvez aquele seja, de fato, o melhor que ela pode me oferecer. E se isso é tudo o que ela tem pra me dar, talvez eu é quem deva me recolher. Mas dói...

— Tá tudo bem? — Gabriel me pergunta, e fico um pouco nervosa. — Precisa de alguma coisa?

— Ah, não... é só que o Miguel não vai conseguir falar comigo hoje. Está ocupado. O cara que me ligou aquele dia e não é meu namorado — comento, tentando não parecer tão chateada.

— De novo? — Louise fala em tom de reclamação. — Já percebeu que ele nunca pode falar com você?

— É só que ele tem estudado muito — falo, mas acho que até mesmo em meu tom fica claro que estou tentando justificar o injustificável.

— Quando você arruma desculpas para justificar a falta do outro com você é porque talvez você também esteja justificando sua falta de importância para você mesma — recita Gabriel. — Sabe quem disse isso?

— Quem?

— Sua mãe — responde ele, com as bochechas coradas.

— Nossa, verdade, Gab! — relembra Louise. — Nossa mãe sempre fala isso pra gente. Disse que ouviu isso da sua mãe.

— Nossa... — Começo a refletir por alguns minutos. — É a cara dela falar isso. Digo, era a cara dela.

Minha mãe vinha com muita frequência para Paris, mesmo sem meu pai. Nos últimos meses antes do acidente, ela veio com mais frequência, inclusive. Acho que talvez o motivo fosse a criação da própria marca dela. Infelizmente, não deu tempo de fazer acontecer.

    Pensando bem, o desfile dos uniformes pode ser uma boa forma de continuar o legado dela. Sinto dentro de mim uma necessidade de honrar a memória da minha mãe. Detesto falar dessa maneira, mas é como se fosse minha dívida depois de tudo que aconteceu. Eu sabia que não precisava, mas dentro de mim latejava a vontade de dar orgulho a ela junto com a de fazer com que meu pai me enxergasse. Talvez a segunda opção fosse mais predominante.

    — Vamos. — Louise me puxa pelo braço, me tirando do meu devaneio. — Chega de sofrer, temos um desfile para fazer acontecer.

    — Sem desanimação! — completa Gabriel. — Vejo vocês amanhã.

## CAPÍTULO 15

Eu fico me perguntando se minha relação com meu pai começou a desandar depois da morte da minha mãe ou se o casamento com Denise foi o estopim. Pensando bem, o nosso relacionamento de altos e baixos (*muitos* baixos) começou há mais tempo do que posso me recordar. Tenho que concordar com Louise: apesar de detestar admitir, nunca me esforcei para ser agradável. Só me esforçava para ser o centro das atenções dele.

Logo depois do acidente da minha mãe, lembro que tia Silvia percebeu que eu precisava de terapia. Agradeço a ela por isso. Uma das poucas coisas de que me recordo dessa época é da psicóloga falando que sempre existiu em mim a necessidade de me tornar a imagem e semelhança da minha mãe, e o motivo é, honestamente, meio assustador.

Vamos lá, meus pais se amavam profundamente. As poucas vezes em que eu podia ver meu pai era na companhia da minha mãe. Ele a idolatrava. Então, a primeira coisa que fiz quando ela faleceu foi tentar imitar cada passo que ela dava, como uma cópia fiel. Eu me esforçava para ser ela pois, dentro de mim, uma voz dizia: seja como ela e ele vai dar atenção a você.

Imagine só uma criança de dez anos tentando, a todo custo, implorar pelo amor e pela presença física do pai. Depois de muito tempo repetindo esse padrão, eu ainda encontrei um novo obstáculo: Denise. Parecia uma grande perda de tempo ter me tornado mestre em um papel que agora seria dividido com outra mulher. Aprendi a odiá-la e tornar a vida dos dois um caos.

Toda vez que ele saía para jantar com ela a sós, ou que ia viajar e não me levava, eu me sentia menosprezada, deixada de lado e injustiçada. E quando ele voltava exercendo a função de pai e querendo também me dar atenção, eu o empurrava para longe de mim com falas ofensivas e birras dignas de um episódio de *Keeping Up With The Kardashians*.

Antes a competição era para ser minha mãe, depois virou para que Denise não estivesse por perto. Acho que agora estou competindo para fazer com que meu pai não tenha mais um filho. Eu crio esses duelos para não me sentir rejeitada. E eis a lição mais difícil que aprendi com tudo isso: quem está perdendo experiências, neste caso, sou só eu.

Pauso um pouco minha reflexão enquanto admiro a paisagem de tirar o fôlego. Estou fazendo uma caminhada pelos arredores do colégio. Vejo uma árvore que faz uma sombra maravilhosa próxima a algumas margaridas que já começaram a murchar. Sinto que o outono está próximo.

O vento gelado bate em meu rosto. Louise se ofereceu para me mostrar os campos mais distantes de Tours, mas quis vir sozinha. Nunca convivi com alguém por tanto tempo e sinto saudades de conversar comigo mesma, ouvir minhas próprias vozes internas. Além, claro, do fato de que eu precisava servir ao menos um bom look desde que saí do Brasil. Não aguentava mais aquele uniforme. Vesti minha calça jeans da Loewe com uma regata branca e sapatilhas. Não é exatamente o calçado mais apropriado para fazer uma caminhada no parque. Está me dando uma bolha terrível. Por isso, resolvo me sentar próxima a um lago e vejo, bem distante, um castelo alto. Só na França mesmo para nos depararmos com algo assim em um breve passeio. Gabriel tinha me contado que no Vale do Loire tem um dos castelos mais bonitos, o Château de Chenonceau.

Pego o diário da minha mãe e começo a folhear, procurando se em alguma página existe alguma menção a castelos. Minha mãe era virginiana, então tudo é separado por região e ordem alfabética, o que facilita minha pesquisa.

E é claro que o Château de Chenonceau está aqui. Viro a página indicada e logo sou brindada com uma linda foto dela com uma saia preta e uma blusa de plumas branca na frente do castelo. Parece tão atual que me impressiona. Ela está usando um batom vermelho e sorrindo, alegre. É tão bom me reconectar com ela dessa forma.

> A FRANÇA TEM MAIS DE QUINHENTOS CASTELOS, MAS UMA DAS HISTÓRIAS MAIS FASCINANTES É A DO CHÂTEAU DE CHENONCEAU. A COMEÇAR PORQUE ELE FOI FRUTO DE UMA DISPUTA ENTRE DUAS MULHERES PELO AMOR DE HENRIQUE II. ISSO ME FAZ PENSAR MUITO SOBRE COMO ALGUMAS VEZES ENTRAR EM UMA COMPETIÇÃO E EXERCER NOSSA AUTORIDADE DE FORMA ERRADA AFASTA O OUTRO E NOS GARANTE APENAS POSSES, MAS NUNCA SENTIMENTOS VERDADEIROS.
>
> NÃO QUERO E JAMAIS IREI PERMITIR QUE MINHA VIDA CAMINHE DESSA FORMA. NO AMOR NÃO VENCE QUEM GRITA MAIS ALTO, QUEM DÁ MAIS GELO OU QUEM SE IMPÕE MAIS. ISSO, NA VERDADE, FAZ COM QUE TODOS PERCAM. NO AMOR QUEM VENCE É QUEM ESTÁ DISPOSTO A SE ESFORÇAR, ESCUTAR E RECOMEÇAR. PORQUE O AMOR, PARA ALÉM DE UM SENTIMENTO, É UM EXERCÍCIO, E SEMPRE TEMOS QUE ESTAR DISPOSTOS A FAZER DAR CERTO. HOJE TOMO CONSCIÊNCIA DE QUE SEMPRE IREI ME ESFORÇAR POR QUEM VALE A PENA, MAS NUNCA VOU ABDICAR DO MEU AMOR-PRÓPRIO E DOS MEUS VALORES PARA TORNAR A VIDA DE NINGUÉM CONFORTÁVEL.

Estou começando a reconhecer os sinais. Dou uma risada nervosa. Será que Louise está certa? Esse diário vai me deixar louca. Não sei se são apenas coincidências ou de fato a magia dele tem me dado grandes aprendizados. Acho que quando estamos à margem da solidão, nossa mente nos dá repertório para pensar sobre a vida. Tenho pensado muito a respeito de tudo.

Uma semana. Hoje faz uma semana que estou aqui. Não falo com meu pai desde o aeroporto, quando o alertei sobre as malas. E desde então não nos falamos mais. Nenhuma pergunta sequer foi feita. "Você está bem?", "se adaptou?", "precisa de alguma coisa?". O básico não foi feito. Nem por ele, nem por mim.

Não posso permitir que minhas falhas sejam para sempre a trilha do meu futuro, preciso que a rota seja recalculada e que os meus erros não me façam refém das minhas circunstâncias. Preciso que sejam combustível para a minha mudança. Mas, como sempre, é mais fácil pensar do que fazer.

Respiro fundo e decido dar o primeiro passo para assumir minha responsabilidade e encarar o meu desafio, carma, *daddy issues*, ou seja lá como isso se chame. Não dava para continuar desse jeito, então senti que precisava ligar para o meu pai. Tiro o celular do bolso da calça e, assim que noto, já tinha uma mensagem dele.

> **Pai**: Filha, podemos conversar?

Ligo para ele por videochamada no mesmo segundo. A transmissão de pensamentos foi mútua. Menos de alguns segundos depois, ele atende e noto que está sozinho. Está com algumas olheiras, típico de quem virou a noite trabalhando ou está passando por um jetlag. Contenho a ansiedade e fico calada, deixando que ele fale primeiro.

— Oi, como está sendo tudo por aí? — questiona ele, da forma mais blasé de que é capaz. Decido entrar no ritmo.

— Incrível, o croissant é fantástico e as geleias e queijos são sensacionais — falo, com água na boca só de me lembrar. — Isso é melhor do que férias em Courchevel e um dia no spa.

— Ah! Engraçadinha. — Ele dá risada, lembrando-se da ameaça que me fez antes de viajar. — Fico feliz que esteja tudo bem.

— Onde você está? — pergunto, mesmo sabendo a resposta.

Meu pai toma um gole de água e respira profundamente antes de me responder. Imagino que tenha se preparado para ter essa conversa nos últimos dias. Talvez tenha ensaiado algumas dezenas de vezes, assim como faz quando vai apresentar alguma proposta para um novo investidor.

— Estou em Miami com Denise — responde ele, mudando o tom da conversa.

— Estão a trabalho?

— Na verdade, não.

Fico calada. Não quero ter que ficar extraindo as melhores respostas dele feito uma repórter. Preciso manter minha paz e serenidade dessa vez.

— Viemos aqui tentar um tratamento. — Sigo calada, então ele prossegue sem esperar que eu o interrompa. — Queria te dizer que estamos tentando ter um filho. Eu e Denise.

Apesar de tudo o que refleti e do fato de já estar suspeitando que esse era o motivo de eu estar no internato, a confirmação dele me deixa chocada e me fere mais profundamente do que pensei ser possível.

— Parabéns. — Tento soar o mais natural possível, mas percebo que minha voz soa robótica.

— Mavi, saiba que jamais quis fazer isso escondido de você. Ontem coletamos o material e vamos tentar a fertilização na próxima semana. Quero te comunicar todos os passos que dermos.

Comunicar. Rio da maneira como ele conduz essa conversa. Acontece que, apesar de eu ter me preparado tanto quanto ele para esse diálogo, não acho que ele foi esperto em falar dessa forma.

Na verdade, não acho que meu pai tem sido esperto em quase nenhuma das atitudes tomadas no âmbito familiar.

— Você não tem nada a dizer? Quer explicar para mim como se sente? — Ele parece angustiado, esperando a minha reação.

— Acho que não.

— Vamos, sei que tem algo a dizer e quero saber o que é.

— Acho que não fará diferença — falo, perdendo um pouco a paciência. Não tem como ser madura recebendo essas informações dessa forma. — Acho que um comunicado não é a melhor forma de avisar sua filha sobre uma decisão sua que afeta toda a família. Eu merecia ter sido integrada. Mas você esquematizou isso bem, pai. Me mandar para a França com a desculpa de que "preciso ter limites" para você ter passe livre para tomar sua decisão — imito o jeito dele de falar. — Concordo, preciso mesmo de limites.

— Ainda bem que você sabe. — O tom dele de repente fica mais rígido.

— Mas se quer mesmo ouvir o que tenho pra dizer, acho que você também precisa de um manual na sua vida que inclua como exercer o papel de um bom pai. Quem sabe essa criança consiga um pouco mais de você do que eu venho tendo há dezesseis anos.

— Victória! — retruca ele, impaciente. Parece que desistiu do personagem de pai compreensivo.

— Eu desejo que a Denise tenha mesmo um filho, ela merece construir uma família. Mas desejo mais ainda que você aprenda a manter a sua. — Engulo em seco a vontade de chorar. — Do contrário, apenas gerar uma vida não fará com que nenhum vazio seja preenchido. Vai ser tudo só forjado.

Desligo o telefone sem pensar duas vezes. Acho que agi pela primeira vez em anos para mostrar ao meu pai quem de fato gerou todo o nosso distanciamento. No caso, ele e a própria falta de noção dele. Tenho sentido até um pouco de pena da Denise. Ela quer tanto ser mãe que escolheu um pai mediano para o próprio filho.

Apesar de ter refletido sobre a nossa relação mais cedo e sobre os meus erros, quem errou nessa situação foi ele. Para ser sincera, o que mais me incomodou nisso tudo foi o fato de ele não conseguir assumir os próprios erros e, principalmente, a ausência que sempre teve em minha vida. Sei que errei, sei que não fui a filha mais fácil de lidar. Mas que criança é fácil de lidar tendo perdido a mãe com dez anos de idade?

Pensei que não encarar o problema o faria sumir e que nós dois estaríamos ganhando nessa situação. Ou que buscar uma terceira pessoa para responsabilizar a inconstância do meu pai fosse o suficiente para que eu me perdoasse e aceitasse que ele não estava sendo um bom pai. Me enganei. Ele me mostrou quem realmente é.

## CAPÍTULO 16

— Ei, tá tudo bem? — Gabriel me olha preocupado e percebo que estou de novo olhando para o quadro da aula de matemática segurando a caneta e sem completar nenhum exercício. — Essa matéria é realmente insuportável, mas você não parece estar prestando muita atenção aqui.

— É, não estou — concordo. — Dia difícil.

Ele me encara e continuo calada. Não sei se estou a fim de ter essa conversa durante uma aula de trigonometria.

— Posso ajudar?

— Pra ser sincera, acho que ninguém além da pessoa que causou isso pode — falo, sem entusiasmo, me lembrando da discussão de ontem com meu pai.

— Seu namorado brigou com você?

— Eu não tenho namorado.

— Ok, seu *não* namorado brigou com você? — ele reformula a frase e isso me tira uma risada sincera.

Sua expressão é brincalhona, mas suas falas nem tanto.

Estou vendo coisas ou ele sempre fala com um tom de acidez na voz quando me pergunta sobre Miguel? É como se sentisse ciúmes.

Ok, Maria Victória. Sem complexo de superioridade achando que Gabriel sente algo por você. Ele não sente. *E nem você.*

— Não é ele... é o meu pai que tem me irritado.

— Ah... — O suspiro de Gabriel parece de alívio. — Ainda por culpa da sua madrasta?

— Nem acredito que vou pronunciar isso em voz alta, mas acho que Denise tem sido tão vítima quanto eu dessa situação. — Me surpreendo com meu próprio desabafo. — Nunca conte que assumi isso para ninguém.

Gabriel franze a testa e me olha com pena.

— Eu prometo — diz ele solenemente, tocando minha mão e fazendo um juramento. Meu corpo fica gelado na hora. — O que rolou de novo? Além, claro, de você ter sido expulsa de casa para a França. Acho que também quero ser expulso de casa para um novo país.

Dou uma risada. Entrar na brincadeira faz com que me sinta um pouco mais leve sobre tudo.

— Meu pai e minha madrasta estão tentando engravidar.

— Posso te garantir que ter um irmão é a melhor e pior coisa que irá acontecer na sua vida — responde Gabriel.

O professor vira de costas para o quadro, nos encara e automaticamente fingimos que estamos anotando os exercícios. Ficamos em silêncio por meio minuto. Ele se volta para o quadro mais uma vez. Então continuo a falar, pois sei que preciso que alguém entenda o meu lado e me apoie.

— O problema não é ter um irmão ou irmã. É que meu pai vai fazer com essa criança o mesmo que faz comigo — falo ainda mais baixo do que antes, quase sussurrando.

— O que ele faz com você? — Gabriel me olha preocupado, os olhos atentos.

Não consigo não pensar que Miguel nunca prestou tanta atenção assim em minhas reclamações.

— Ele faz... — Busco as palavras na cabeça. — Faz... ele faz eu me sentir culpada. Faz eu me sentir sozinha. Não me dá atenção. É como se eu precisasse o tempo todo ser essa menina problemática para que ele olhe pra mim, entende?

Uma lágrima desce pela minha bochecha e molha a folha do meu caderno. Gabriel segura novamente minha mão e me sinto segura ao lado dele. Como se fosse normal desabafar sobre meus traumas de infância para alguém que conheço há dez dias.

Depois de ontem, comecei a perceber o quanto todas as minhas ações são para chamar atenção. Quando meu pai brigava comigo ou me reprimia por alguma atitude errada, essa era a única forma que eu tinha de receber algo dele. Nem que fosse uma bronca. Durante um ano, depois que minha mãe morreu, foi como se eu tivesse perdido meu pai também. Não nos falávamos. Tudo que eu extraía dele eram migalhas.

— Você está longe de ser problemática — Gabriel retoma a conversa, e percebo que o professor ainda não se incomodou com a nossa conversa. — Talvez seja uma patricinha chata que não tem noção da realidade. — Ele ri, mas sou obrigada a dar um tapinha em seu ombro. — Mas você não é problemática. Olha tudo o que passou. É muita coisa, Mavi.

— É muita coisa... — repito a fala dele. — O lado bom de estar longe é que vou ter oportunidade e espaço para me esquecer de tudo isso.

— E enxergar — ele sugere, e olho para ele sem compreender. — Sempre que eu errava uma jogada no tênis, costumava me irritar e querer parar de jogar. Mas de nada adiantava. Enxergar o erro é mais difícil do que mudar. Mas só mudamos quando vemos onde erramos, compreende?

Me armar e me munir de grosserias não fará com que meu pai reconheça os próprios erros, mas apontá-los e registrá-los sempre que me machucarem fará com que se lembre de que nunca é tarde para mudar.

Eu posso não ter acertado o caminho até aqui, mas com toda certeza vou abrir a estrada para quem estiver vindo atrás de mim. Não sei se essa criança vem mesmo, mas acho que, no que depender de mim, ela vai encontrar um lugar melhor para crescer.

É, Maria Victória. Acho que a França tem te feito bem.
— Chega. Vou precisar separar vocês dois. Ninguém aguenta mais esses cochichos o tempo inteiro — repreende o professor lá da frente, virando-se para nós novamente.

Gabriel atravessa a sala de aula pelo corredor estreito entre as mesas, troca de cadeira com um aluno e acaba se sentando ao lado de Dominique. Ela abre um sorriso no instante em que Gabriel se senta próximo e sua expressão exclama felicidade.

Por que será que não gosto disso? Por que isso me incomoda tanto?

## CAPÍTULO 17

Este é o meu segundo final de semana no internato. No último, fiquei isolada no quarto porque Gabriel e Louise foram para Paris ficar com os pais. Até tentei ir, mas fui impedida pela supervisora porque meu querido pai não deixou um documento que me permitisse sair com eles. Neste fim de semana, entretanto, eles resolveram ficar por aqui mesmo porque o restaurante da família está com muitas reservas, então os pais vão estar bem ocupados, e Gabriel quer treinar para o campeonato da próxima semana.

— Então, o que faremos de emocionante neste final de semana? — pergunto para Louise no segundo em que ela abre os olhos ao acordar. — Vamos até o centro? Vamos caminhar em cima das peônias da diretora? Invadir o refeitório para comer queijo de *chèvre*?

— Odeio passar o final de semana nessa droga de lugar, parece que estou presa — diz Louise, levantando-se com seu bom humor matinal e caminhando até o banheiro. — Acho que vai ser apenas eu e você, Gabriel deve passar o dia inteiro treinando.

Eu me viro para olhar a tela do meu celular e vejo que não tem nada de interessante. Nem mensagem do meu pai, nem muito menos do Miguel, e sequer da Júlia. Estou oficialmente esquecida por todos que pensei que me amavam. Suspendo a vontade de chorar, segurando firme as mãos para sentir dor. Essa era a técnica infalível que eu usava sempre que me perguntavam sobre a minha mãe.

Enquanto minha amiga está no banheiro, vou até a janela e vejo que o dia está ensolarado, o que é raro por aqui. Sempre ouvi falar o quanto esse país vive nublado, mas me impressionei. É pior do que São Paulo e suas garoas diárias.

— Pelo menos temos sol! — digo alto para que ela possa ouvir. — Podíamos fazer um piquenique em algum campo.

— Isso é um milagre! — responde Louise, saindo do banheiro e olhando pela janela. — Até pra mim, que detesto calor. Vou ver se João e Francisco estão por aqui.

Ela sai andando de pijama pelos corredores sem o menor pudor.

Fico sozinha no quarto e cometo a bobagem de abrir o Instagram e olhar os stories de Miguel. Uma alfinetada acerta meu coração. Eu sabia que não deveria ter feito isso. Nós quase não nos falamos mais e ele nem olha o que posto.

O vídeo não é muito claro, mas consigo notar a presença da tal Bia Cavalcanti no fundo.

Ele está me traindo.

Quer dizer, como poderia estar me traindo se não estamos namorando? E foi isso que ele me fez pensar o tempo todo. Eu me permiti acreditar demais. Deveria ter entendido o recado ao ouvi-lo dizendo que "não vai rolar namoro sério agora, gatinha". Ele repetia isso o tempo todo, mas preferi me iludir. Por que depois de viajar para outro país achei que tinha mudado de ideia? Bobagem.

Louise entra de supetão no quarto e diz com uma voz exageradamente animada:

— Todo mundo está aqui! Até Gabriel vai participar, ele precisa descansar para não enlouquecer com esses treinos. — Ela olha para mim com espanto ao ver minha cara de derrota. — Tá tudo bem? Parece que você está... nervosa?

Tento manter a compostura, apesar de estar sentindo meu coração se partir ao meio e a raiva me tomar.

— Odeio homens.
— Eu também. — Ela ri.

— Eu realmente *odeio* homens — respondo, me levantando e trocando rapidamente o pijama. — Homens são egoístas, só pensam neles, não se importam com nossos sentimentos, e quando revidamos, acham que é drama.

— Alguém está irritada.

— Muito irritada. — Meu telefone toca e olho para o visor, esperando que talvez seja ele. Mas é só mais uma ligação do meu pai. — E pra piorar...

Mostro o telefone pra Louise, que imediatamente bota a mão na boca como sinal de surpresa.

— Não vou atender.

— Mavi, é melhor...

— Minha paz é melhor — digo de supetão, cortando-a. — Não quero falar disso agora. Quero apenas um piquenique com meus amigos.

Entro no banheiro e tomo um banho demorado. Tento ignorar os pensamentos cruéis que invadem minha mente. Termino de me vestir e Louise se encontra com a mesma cara de espanto.

— Não quero falar sobre isso, não hoje — digo, exausta. — Esse drama todo está me irritando.

— Ignorar o sentimento não vai fazê-lo sumir.

— Mas posso esconder só por hoje?

— Só por hoje. — Ela me abraça, e me sinto acolhida como pouco tenho me sentido. — Vamos, vai ser um dia especial.

Descemos as escadas dos quartos femininos e cruzamos os jardins. Lá na frente estão Gabriel, João e Francisco. Gabriel está com a aparência cansada, imagino que a tensão para o jogo esteja sendo exaustiva. A última semana voou. Já vou completar quase três semanas aqui. Ao mesmo tempo que me sinto parte disso tudo, também fico me questionando quando será que vai terminar e terei minha vida de volta.

Nada aqui parece muito real. É como se eu estivesse vivendo um mundo paralelo onde, em algum momento, vou acordar e perceber que foi tudo um grande pesadelo.

— Vamos até as lavandas, é a parte mais legal do jardim — diz João, servindo de guia para aqueles jardins fantásticos. — Mavi, você vai adorar.

— Este lugar é surreal — respondo, olhando ao redor da plantação toda violeta e linda, o cheiro fantástico. — É como se fosse um sonho.

— A França é um sonho. Cuidado para não se apaixonar e decidir nunca mais voltar — brinca Gabriel, e parece que consegue ouvir meus pensamentos. — Venha, quero te mostrar lá dentro. Você vai adorar.

— Vão vocês! Nós vamos montar o piquenique — fala Louise, tirando uma toalha vermelha xadrez e posicionando-a no chão. — João, se mexe pra alguma coisa e pega aquele croissant ali e deixe ao lado das frutas. Você, Francisco, espero que não tenha se esquecido de trazer o suco de uva.

Dou uma risada do tom autoritário da minha amiga e caminho com Gabriel para dentro dos jardins. O cheiro domina e mal sinto os mosquitos me picarem. Caminhamos por uns cinco minutos em silêncio. Vez ou outra percebo que eu e Gabriel ficamos sem graça.

— Para aqui — Gabriel me chama, e me viro na direção dele. — Quero tirar uma foto sua. Esse enquadramento está lindo.

— Foto? — digo, sorrindo. — Acho que ainda não tirei nenhuma desde que cheguei.

— Vou mandar para o seu pai e falar que na próxima expulsão vou junto.

— Você achou essa piada muito engraçada, né? — pergunto, rindo. — Não é tão engraçada assim.

— Claro que é, jamais vou cansar de rir dessa piada. Eu, pelo menos, sempre dou risada. Quem que em sã consciência resolve expulsar a filha de casa e manda ela para a França? — diz ele, e solta mais uma gargalhada. — Se ele queria que você aprendesse algo, tinha opções mais baratas!

Ele tira algumas fotos e continuo fazendo pose.

— Acho que não aprendi nada. Desliguei o telefone na cara dele hoje — falo, envergonhada. — Você me dá conselhos e eu não sigo nenhum deles.

— Eu também não sigo os meus próprios, tudo bem. — Gabriel ri, e ficamos nos encarando em silêncio. — Você vai assistir ao meu jogo na quinta que vem?

— Não perderia por nada, quero ver você ganhar.

— Prometo dar o meu melhor. Você vai ser meu amuleto da sorte.

Gabriel me abraça de um jeito íntimo, coisa que não aconteceu antes. Me sinto envergonhada, mas um sorriso surge em minha boca. Tento conter. Mas me lembro de Miguel e quebro o clima de uma vez.

— Acho que as coisas não estão muito boas entre mim e o Miguel.

— Ah, é? — Ele parece incomodado, e analiso cada reação dele. — O que te faz pensar nisso?

— Ele sempre deixa claro que não estamos namorando — pronunciar essas palavras torna a situação ainda mais difícil. — E não temos nos falado muito. Só que gosto tanto dele.

— Quem perde é ele.

— Mas eu também perco — eu o interrompo, com uma careta desanimada. — Perdi meu tempo com alguém que não está nem aí para mim. De novo.

— De novo?

— Meu pai também não está. Ninguém está nem aí para mim.

— Quanto drama — ele responde, com uma cara de cansado fingida, e solto uma risada meio nervosa. Ele também ri.

Nos afastamos um pouco mais da plantação e chegamos a um gramado enorme tão lindo quanto. Nem percebi que tínhamos andado para tão longe.

— Sei que você não é muito de seguir conselhos, mas... — Ele toma fôlego e crava os olhos nos meus. — Se me permitir, às vezes as pessoas amam e saem perdendo. Meu conselho é que é sempre melhor amar do que nunca ter amado, independentemente disso.

— Você já saiu perdendo?

— Já. Mas hoje, quando eu amo, tento não sair perdendo. — Ele olha para mim e fico extremamente sem graça

O silêncio entre nós é perturbador.

— Acho melhor voltarmos, senão sua irmã vai vir me puxar pelos cabelos com aquele jeito delicado dela.

— Quando vocês começarem a fazer os uniformes, ou irão se tornar melhores amigas ou nunca mais vão se falar. — Gabriel brinca, mas sinto o fundo de verdade. — Vamos todos ganhar.

## CAPÍTULO 18

— Acho que até as dezenove horas eu vou ter um infarto fulminante — comenta Louise, enquanto devora a milésima bolacha de Nutella do dia.

— Infartar possivelmente não, mas vai ter dor de barriga, sem dúvidas — respondo, enquanto arranco o pacote da mão dela. — Seu irmão vai ganhar, não precisa ficar ansiosa.

— Ok. — Ela se senta, respirando mais uma vez. — Vamos logo para a quadra.

— O jogo é só às sete da noite! — digo, rindo. — E a quadra fica a exatos, pasme, três minutos andando daqui.

— Odeio concordar com você! — Ela continua se arrumando enquanto estou de pijama. — Vou falar para o meu pai hoje sobre o desfile. Quero que ele já se programe para vir assistir.

— Com certeza ele vem — digo, entusiasmada.

Sei que isso é importante para Louise, mostrar ao pai que ela não é apenas uma rebelde que descumpre regras do colégio e se envolve em confusão. A moda é, para ela, o mesmo que é para mim: uma oportunidade. Sempre houve aquele ditado "trabalhe com o que ama e procure um novo hobby para gostar". Acho que tenho começado a entender o efeito disso.

Estou há alguns dias sem dormir pensando no que seria inovador e revolucionário o suficiente para unir conforto, moda e estilo para os alunos e, de quebra, ainda ganhar essa competição.

Até agora, nada fez meu coração bater mais forte. Já busquei referências, li livros, assisti a desfiles e o máximo que consegui pensar foi em como hoje tudo está parecido demais. Somos como cópias uns dos outros, ser autêntico de verdade é até uma utopia. Antes a moda era como uma forma de se expressar, mas como vamos nos expressar se a padronização ficou tão comum?

Eu mesma sinto que às vezes não sei do que realmente gosto. Uma hora sou mordida por um estilo, depois de duas semanas acho a roupa saturada e quero renovar meu guarda-roupa inteiro. Parece que tudo é descartável e nada é eterno.

— E seu pai? — fala Louise, me tirando da minha linha de raciocínio. — Conversou com ele depois daquilo?

— Não... — respondo baixo demais, mas não o suficiente para que ela não me faça mais perguntas.

— Então, sua madrasta ainda não está grávida?

— Ainda não, mas sinto que vai ficar.

Tento fugir da conversa indo até o banheiro. Estou me esforçando para manter um tom casual. Não sei quem estou querendo enganar, talvez até a mim mesma.

— E você? Como está em relação a tudo isso? — Ela se aproxima de mim esperando que eu me lamente, mas não é o que acontece.

— Estou feliz por eles e triste pela criança.

Louise fica pálida com a minha declaração. Abre a boca fingindo surpresa e depois começa a colocar a mão na testa, insinuando que talvez eu esteja febril. Dou uma larga risada.

— Seu irmão me ajudou a enxergar isso, ele parece tão... sábio — deixo a palavra morrer, queria mesmo falar outra coisa.

— Socorro. Você vai se apaixonar pelo Gabriel.

— Quê? — finjo desgosto. — Jamais. Eu só estou feliz que ele tenha me ajudado.

Me afasto, dando dois passos largos para o fundo do quarto e tentando fugir da sinceridade de Louise. Acho que ela já percebeu algo que eu mesma não consigo ver. Ela solta uma gargalhada tão estrondosa que o som me causa arrepios. Parece muito a de quando Júlia me alertou sobre estar a fim de Miguel e me parece demais um déjà-vu.

— Imagina, um triângulo amoroso entre você, Gabriel e Dominique? — ela debocha da situação. — Ia ser tipo quando o Yves Saint Laurent foi amante do namorado do Karl Lagerfeld.

— Para com isso! — Jogo o travesseiro nela, que parece não se afetar. — Jamais competiria com alguém por causa de homem. Minha rixa com Dominique é estritamente respeitosa e tem fins trabalhistas.

— Você parece uma velha falando isso. Foi só uma piada, brincadeira total. Sei que você e Gabriel jamais teriam nada. — A fala dela me deixa um pouco incomodada.

Uma pontada de tristeza invade meu corpo e faço o que venho fazendo inclusive quando eu e Miguel falamos sobre namoro. Fujo do assunto, trazendo à tona qualquer coisa que distraia minha mente desse desconforto.

— Meu pai vai poder ter um recomeço como pai na vida dessa criança, e espero do fundo do meu coração que seja mais presente do que foi na minha própria vida. Falei isso pare ele ontem — falo, enquanto dou uma última arrumada em meu cabelo no espelho. — Só espero que esse bebê esteja preparado para a difícil missão da qual já abri mão.

— Você não abriu mão.

— Abri sim — respondo, relutante.

— Quem abre mão não está disposto a falar. Se você disse isso a ele, sem dúvidas irá fazê-lo refletir. Ninguém pode suprir suas expectativas, mas as pessoas sempre podem amadurecer com os limites que você propõe — diz Louise, andando na minha direção e olhando para o meu rosto. — Não duvide, Mavi. Seu pai, neste momento, está reconhecendo os erros dele... ou só fazendo um enxoval.

Nós duas rimos da brincadeira dela.

Não gosto muito de acreditar que nós podemos doutrinar as pessoas. Acho que caráter e personalidade são coisas que a gente aprende bem cedo na vida. Mas também quero acreditar que a vida é uma grande escola na qual aprendemos coisas todos os dias, sozinhos ou a partir de outra pessoa. Nada é por acaso. Todas as vezes que me sujeitei a encarar os acontecimentos como grandes lições, caminhei alguns passos na minha construção pessoal. E talvez essa seja a beleza do que viemos fazer aqui.

Sei lá, já me irritei muito tentando consertar os outros, principalmente meu pai. E também já me dediquei mais a salvar relações falidas. Não dá para se afogar por alguém que tem um peso que te puxa para baixo. É preciso livrar-se da culpa e da ideia de que somos insuficientes. Às vezes é o outro que não tem força para nos acompanhar.

Mas dentro de mim carrego a certeza de que tenho tentado. Isso ninguém pode tirar de mim. Tenho me esforçado para fazer o meu melhor possível. Porque no final do dia, fico em paz com a minha consciência. Algumas pessoas só aprendem quando perdem, outras nem assim. Talvez o que falte para que aprendam não seja a ausência nem a saudade. O que ensina as pessoas a darem valor e mudarem de verdade é a vontade. E isso nada nem ninguém pode despertar se não houver vontade própria.

— Será que ainda estou sendo muito ansiosa ou já podemos ir? — pergunta Louise, pela quarta vez em meia hora.

— Acho que agora está ok, vamos — digo, vestindo minha saia da Area. — Acha que estou arrumada demais?

— Uma camisa de time de cinco euros combinada com uma saia de quinhentos euros? — pergunta ela, debochando. — Acho um *hi-lo* perfeito. Vamos.

Me olho no espelho pela última vez. Um *hi-lo* perfeito. A fala de Louise marca meus pensamentos. Talvez o caminho para o uniforme seja justamente esse, o equilíbrio entre algo confortável e básico, com elegância e sofisticação. Preciso tomar nota dessa ideia genial para que não me esqueça quando voltar do jogo. Até que minha saia godê comprada no cartão da Denise está me trazendo um bom resultado.

Chegamos na quadra, que já está lotada de alunos vestidos com camisas vermelhas do time do colégio. Soube que as semifinais são sempre eletrizantes e dão uma vaga no campeonato nacional. Gabriel está visivelmente nervoso e sequer nos cumprimentou. Pegamos um lugar bem no meio das arquibancadas que me dá uma visão perfeita de todo o campo. Logo em seguida, Betina e Marco aparecem, entusiasmados e com o rosto pintado.

— Estou tão ansiosa que sinto meu corpo quente — diz ela, antes mesmo de nos cumprimentar. — Olá, querida! Como têm sido os dias por aqui?

— Incríveis! — falo, dando um abraço nela. — E você, me diga por favor que trouxe um saco generoso daquelas batatas fritas perfeitas?

— Trouxe algo melhor! — Marco sorri, abrindo a mochila. — Um *éclair* de torta de limão e outro de noz-pecã.

— Papai! — exclama Louise, o olhar brilhando ao ver os doces. — Mavi, você precisa experimentar! São fantásticos.

Pego um e dou uma mordida: meu Deus, será que estou no céu? A maciez do recheio com a crocância da massa. Já comi *éclair* aqui na escola e já comi bomba de chocolate no Brasil, mas nada se compara à preciosidade dessa joia gastronômica que acabo de comer.

— Eu preciso dessa receita, mesmo que eu erre tudo — falo, de boca cheia. — Céus, me diga que trouxe mais do que só essas duas.

— Ah, *ma belle*, a receita vou ficar te devendo. Essas delícias são do L'Éclair de Génie, uma *pâtisserie* no coração de Montmartre.

— É maravilhosa! — fala Louise, ainda se deliciando. — Quando formos a Paris, você precisa provar todos os sabores. Tem uma de *praliné* que vai se tornar a sua preferida.

— Não, eu tenho uma mais especial, que trouxe para você, Victória. — Betina abre uma caixinha que mais parece uma joia. — É de *framboise*.

— Framboesa? — pergunto, emocionada. — Minha mãe adorava tudo o que tinha framboesas.

— Você vai amar, experimente.

Na primeira mordida sinto a refrescância na boca e saudades no coração. O luto me fez perceber que existem aromas, sensações e lugares que nos teletransportam para perto de quem nos deixou com saudades. Acho que a França tem resgatado cada vez mais a presença da minha mãe dentro de mim.

— É realmente delicioso e a cara dela! — solto, lacrimejando, e Betina me abraça. Retribuo o abraço forte. — Que bom que estou podendo conhecer vocês.

— E nós, você! — fala Louise, também se aproximando de nós duas. — Agora chega de emoções fortes porque o jogo já vai começar!

— Isso aí! — vibra Marco, eufórico.

Gabriel entra na quadra dando pulos altos e aquecendo. Do outro lado está um garoto de outra escola. Louise me disse que foi esse cara que venceu o último campeonato nacional. Já percebi que o jogo não será fraco.

A partida começa e Gabriel deve estar um poço de ansiedade, porque errou justo o saque. Respira, Gabriel. Você precisa ganhar. Olho para Louise, que não devorou apenas *éclairs*, mas as unhas também. Marco está abrindo e fechando os olhos e Betina se encontra paralisada. Me dá uma vontade gigante de rir, mas acho que não vai cair bem neste momento.

— Calma, ele tá se recuperando — digo, pois o placar já empatou. — Vamos ganhar.

— Não tem outra possibilidade senão essa! — fala Marco, com o tom um pouco mais aliviado.

Gabriel ganha confiança e começa a jogar com mais propriedade. É como se tivesse encontrado seu lugar. Ao final do primeiro tempo, quando troca de lado, olha sorrindo e manda um beijo.

Calma, isso foi para mim? Não. Deve ter sido para outra pessoa. Olho ao redor, procurando alguém que justifique aquele beijo.

— Foi para você — fala Louise, baixinho. — Não precisa ficar olhando ao redor.

— Ah... — digo, encabulada. — Estamos muito amigos mesmo.

— É, sei como é! — Louise dá uma risadinha irônica.

O jogo é pausado e ele vai conversar com o técnico, mas seus olhos parecem vir na minha direção de vez em quando. Sinto uma sensação estranha na barriga, como se várias borboletas estivessem voando para lá e para cá. Deve ter sido o queijo que comi no café da manhã. Ele realmente estava parecendo embolorado... e não do jeito bom.

Do meu ponto de vista, uma amizade entre homem e mulher é superpossível. Não sinto absolutamente nada por Gabriel além de orgulho, admiração e carinho. Além disso, ainda tem Miguel, e, apesar de nosso relacionamento estar mais morno do que comida requentada, ainda penso nele vez ou outra.

— Estão empatados... — falo, angustiada. — Gabriel tem que virar isso.

— Ele vai. Gabriel joga melhor quando tem vantagem, agora ele vai mostrar a que veio — garante Marco, confiante. — Mas me conta, como está o seu pai?

— Tentando ter outro filho — falo, de supetão. — Espero que consiga.

— Isso é ótimo, ele sempre quis ter dois filhos — fala Betina, entusiasmada. — Animada com a possibilidade de um irmão ou irmã?

— Ah, tanto faz... — digo, meio sem jeito. — Já divido meu pai com muita gente, então que diferença faz, não é mesmo?

Betina e Marco se entreolham, preocupados. Sei que não fui muito delicada nas palavras, mas, sejamos sinceras, não contei nenhuma mentira. É a verdade nua e crua e escancarada, só que ninguém fala sobre isso. Nem mesmo ele, que não me mandou nenhuma mensagem desde o meu último desabafo.

— *Ma belle*, você sabe que mesmo que seu pai tenha outro filho, isso nunca vai diminuir o sentimento dele por você, certo? Nós amamos nossos filhos igualmente — fala Betina, num tom maternal e doce.

— Sabe... em alguns momentos me questiono se meu pai ama alguém de verdade — confesso para eles.

— O que te faz pensar isso? — questiona Marco, mas acho que ele já sabe a resposta.

— Penso que depois que minha mãe faleceu, ele se fechou em um casulo. Talvez esteja tentando retomar a vida agora que casou de novo e tem a oportunidade de dar amor a outra criança — digo, evitando encará-los nos olhos. — Mas eu sempre estive do lado dele e nunca recebi o amor que merecia. Ele pode recomeçar, mas não pode fingir que nada aconteceu.

— Essa reflexão é importante — Betina deixa escapar, e Marco olha na direção dela, assustado. — Às vezes aprendemos mais com nossos filhos do que somos capazes de ensinar.

Não sei se estou disposta a ser fonte de aprendizado para meu pai. Ser instrumento de lições machuca. É difícil ser sempre aquela que se fere a troco de ensinar, mas sei também que talvez o caminho mais doloroso seja o com melhor resultado.

Olho para o meu celular de canto de olho enquanto o segundo tempo não começa e percebo que ele me mandou uma mensagem. Não sei se sou capaz de olhar agora. Apenas ignoro e desligo a tela do telefone, colocando-o imediatamente na bolsa.

A partida começa e Gabriel entra mais confiante. Sem dúvidas ele fará um segundo tempo mais emocionante. O adversário saca e já erra de cara. Dou uma risada empolgada, por mais que deteste ter que torcer pelo azar de outra pessoa para o bem de alguém de que gosto. Só que dane-se. A vida é sobre isso mesmo.

Gabriel marca sete pontos seguidos e todos vão à loucura, então os torcedores começam a cantar uma música que não conheço e não entendo, mas até arrisco algumas palavras. Será que algum dia serei capaz de conjugar um verbo que seja em francês?

— Nosso foguete agora não dá ré até o final — comenta Louise, empolgada, pulando o mais alto que é capaz com seu um metro e meio.

— Existe algo peculiar sobre meus filhos; apesar de serem gêmeos, Louise só consegue dar seu melhor quando duvidam dela — diz Marco para mim, enquanto aponta para Louise e amassa o quinto canudo de papel. O jogo está paralisado. — Já Gabriel se torna ainda mais forte quando percebe que estão ao seu favor.

— Cada um com o seu jeitinho...

— E isso é o mais incrível sobre ter filhos. Você pode criá-los da mesma forma, mas cada um terá sua identidade e forma de enxergar a vida. — Marco inspira profundamente antes de começar. — Dê uma chance ao seu velho, ele merece. Erramos com frequência, mas pode ter certeza de que sempre que vocês nos mostram o melhor caminho, seguimos por ele.

Olho sem graça para ele. Aposto que meu pai deve ter contado sobre nossa última conversa. Ele não costuma se abrir com frequência com ninguém, mas sei que no desespero ele se sente tão frágil que é capaz de correr para um horóscopo de revista barata para encontrar uma solução que conforte seu coração. Esse é o meu pai. Adora se gabar achando que é esperto e fechado, mas a sensibilidade dele transcende sua alma amargurada.

Pego, então, o celular, e vejo a mensagem que mais parece uma bíblia de tão grande.

> **Pai**: Filha, sobre nossa última conversa, só posso dizer que sinto muito. Sinto muito por não ter sido o melhor pai. Sinto muito por, às vezes, não saber como agir. Sinto muito por, em tantos momentos, ter sido individualista a ponto de não dividir com você meus passos. Sinto muito — principalmente — por ter levado tanto tempo para assumir tudo isso. Acho que cada um tem seu próprio tempo. Alguns levam mais, outros levam menos. Você sempre esteve na minha frente em relação a tudo isso. A morte da sua mãe cavou um buraco enorme no meu peito que nunca vou ser capaz de preencher, mas quero usar esse lugar para

> construir uma nova história. História essa da qual jamais irei te excluir, porque também é sua.

> **Pai**: Hoje descobrimos que a fertilização deu certo e teremos um novo integrante em nossa família. Quero que esteja presente, pois você, mais do que eu, saberá como ser um exemplo para essa criança. Por isso, se for da sua vontade, pode voltar para o Brasil no momento em que quiser. Hoje, amanhã, quando acabar o semestre. Estarei aqui para tentar consertar meus erros e aprender com você.

> **Pai**: Te amo.

— Ai. Meu. Deus — falo, alto o suficiente para que Louise escute.

— Sim, o segundo tempo está acabando e estamos ganhando! — exclama ela, entusiasmada. — Imagina só, Gabriel na final e a gente ganhando o concurso de uniformes. Tem como isso ser melhor?

— Não... — falo, desanimada com a possibilidade de não participar do concurso.

— Obrigada, Mavi. Por estar aqui e por ser uma amiga que não me abandona.

— Eu... eu... — gaguejo, sem saber o que dizer. — Jamais deixaria você na mão.

— Sei disso. — Ela me abraça. — Estou tão feliz por ter uma amiga aqui, finalmente.

Sinto o amargor na boca enquanto todos celebram o final do segundo tempo. Agora vivo um dilema. Na partida da minha vida, estou completamente dividida, e o empate em meu coração não me permite decidir nada. De um lado, tenho meu pai tentando recomeçar algo que parecia fracassado. Do outro tenho Louise, que depositou em mim sua amizade e seu futuro.

Caos no mundo da patricinha.

## CAPÍTULO 19

VENCEMOS!

*Nós vencemos.*

*Gabriel venceu.*

— Estamos na semifinal! — Marco e Betina se abraçam.

— Meu irmão vai ganhar o nacional!

Louise sai correndo pela arquibancada até chegar na quadra. Eu a sigo, entusiasmada para abraçar Gabriel. Chegamos na beira do campo e ele está vermelho como um pimentão, o cabelo loiro cacheado pingando de tanto suor. Mas não me importo, só quero abraçá-lo.

— Parabéns! — digo, enquanto ele me rodopia.

— Venci por vocês. — Ele levanta eu e Louise como se fôssemos dois sacos de batatas. — E agora quero vê-las ganhando o concurso.

— Iremos! — fala Louise, ainda emocionada. — Os Gregory vão brilhar.

Eu fico estática, sem conseguir falar muita coisa. Só consigo ficar observando quando todos vão cumprimentar Gabriel e sinto um vazio no peito por me sentir mentindo para todos ali. Não vou ver Gabriel ganhar o nacional e tampouco participar do concurso. Mas não posso falar isso, não agora.

— Tá tudo bem, Mavi? — Gabriel me pergunta. — Você não me parece muito feliz.

— Claro que estou! — minto. — É que comi muita *éclair*. Estou enjoada. É melhor ir para o quarto descansar.

— Nós vamos sair para jantar, não quer ir? — Betina questiona.

— Hoje não! Preciso mesmo ir para o quarto. Vejo vocês depois.

Me despeço rapidamente e sigo meu caminho, imaginando milhões de possibilidades. Não sei qual decisão tomar e nem se estava esperando ter que tomar decisão alguma nessa altura do campeonato. Isso é uma das coisas mais loucas a respeito da vida: não adianta fazermos tantos planos, pois ela muda de repente.

Meu silêncio diz mais sobre mim do que um textão é capaz de explicar. É que ficar recolhida significa que preciso compreender mais o que tenho sentido. Antes eu tinha medo, sabe? Evitava momentos sozinha e agendava milhões de coisas para não ficar pensando bobagem. Mas percebo que não é bobagem. Ignorar o sentimento não vai fazê-lo sumir. Essa é a verdade. Como diz minha terapeuta, tem horas que precisamos nos recolher para nos acolher. Esses momentos decisivos fazem com que a gente duvide dos caminhos e questione a jornada. Será que isso era para estar desse jeito mesmo? Não tinha como ser mais fácil?

Chego no quarto e ligo para a única pessoa capaz de me aconselhar neste momento e em tantos outros. Júlia. Quando atende a chamada por vídeo, está deitada na cama com a cara inchada de tanto chorar.

— Socorro, o que aconteceu? — pergunto, assustada.

— Acabei de assistir o último episódio de *Casamento às cegas* e quero me casar — fala ela, soluçando, e começo a rir.

— Sua ridícula, você é a única pessoa capaz de me fazer rir neste momento. Estou desesperada.

— Não me diga que pode ser presa na França. O que você aprontou?

— Não vou ser presa, sua doida. — Eu me sento na cama e respiro lentamente, fazendo um suspense. — Fui promovida a irmã mais velha.

— PA-RA! — Ela pula da cama, feliz. — Eu amo bebês! Não acredito que vamos ter um bebê na família. Desculpa não fingir que estou muito triste com o fato de que agora você vai ter que dividir a atenção do seu pai mais uma vez e blá-blá-blá. — Ela me imita de forma nem um pouco genuína. — Mas um bebezinho, sabe?! Amei. Agora me conta como você está.

— Você é ridícula — repito, dessa vez mais séria. — Não vou ser deixada de lado. Meu pai quer que eu participe de tudo.

— Uau, digamos que um internato no interior da França conseguiu unir mais sua família do que os seis anos com sua psicóloga. Impressionante — brinca ela, e não consigo parar de rir. — Mas então o que isso quer dizer?

— Meu pai quer que eu volte para o Brasil.

— Isso é perfeito, Vih! — Minha prima abre um sorriso largo. Sei que ela sente saudades. — Denise me deu dois presentes de uma vez só, preciso admitir que adoro aquela safada.

— Júlia! Aí já é demais!

Júlia se desculpa por ter falado aquele absurdo.

Depois de alguns segundos de silêncio, tomo coragem para verbalizar a decisão que tomei.

— Mas não tenho como voltar para o Brasil. Não agora — falo, encarando-a para ver sua reação.

Minha prima fica me encarando pela tela do celular sem entender absolutamente nada. Sei que é difícil compreender. Antes fiz um escândalo porque não queria vir para cá. Odiei cada segundo da viagem quando cheguei aqui, mas, agora que tenho, enfim, a possibilidade de retornar, estou repensando. Sim, é confuso. Nem eu sei o que quero.

— Isso não faz o menor sentido. O que você tem para fazer aí? — pergunta ela, ainda confusa.

— Tenho o campeonato nacional de tênis do meu amigo Gabriel, o concurso de uniformes com Louise e os lugares que ainda quero conhecer por causa do diário da minha mãe.

— Victória, isso é loucura — diz ela, e isso me causa um arrepio de raiva. — Você conhece esses amigos há o quê, um mês? Aqui você tem o Miguel para namorar, um irmão para cuidar e um pai para fazer as pazes. Isso sim é relevante.

— Será mesmo? — pergunto, mesmo sabendo a resposta que ela vai dar.

— Com toda a certeza. Eu diria para você voltar!

— Mas eu tenho feito tantos planos...

— Planos nem sempre se concretizam. A vida é mais sobre se adaptar do que sobre se planejar.

Talvez a vida seja mesmo sobre improvisar, e não tem como saber como será o dia de amanhã. Podemos até fazer planos, mas a verdade é que tudo pode acontecer, inclusive nada. É por isso que ultimamente tenho me preparado mais para viver e menos para vivenciar. Amanhã tudo pode mudar, inclusive você.

Eu não julgo minha prima por estar surpresa com essa mudança repentina em meus planos. A Maria Victória de um mês atrás nunca tomaria uma decisão dessas. Na verdade, nem a Maria Victória de uma semana atrás faria isso. Mas acho que esse novo ambiente tem me ajudado a ter mais clareza sobre o que realmente quero.

Uma hora podemos querer algo, depois não mais. O sentimento pode mudar, e isso não quer dizer que faltou amor ou que tudo foi falsidade. Só significa que o mundo girou. Assim como nada na vida é permanente, também não existe decisão eterna. Então eu assumo a responsabilidade do que faz sentido no momento presente. Se isso é correto, não sei, mas sei que é o que desejo.

## CAPÍTULO 20

Estou sendo uma tremenda de uma falsa. Detesto mentir, principalmente quando essa mentira pode machucar alguém especial. Não tenho conseguido encarar Louise desde quinta-feira passada. Ela foi passar o final de semana com os pais em Paris, e quando voltou, não trocamos mais do que poucas palavras. Falei que estava com dor de cabeça. Hoje, quando fomos para a aula, eu também não abri a boca. Mas daqui a pouco teremos a nossa primeira reunião a respeito dos uniformes e não sei se dou a notícia de supetão ou se finjo que vou poder ajudar em algo.

Tem coisas que acontecem na minha vida que eu penso: será que isso é karma ou sou só uma tremenda azarada? Aceitar as mudanças da vida é difícil. Porque quando dizemos sim para um caminho, estamos dizendo não para outro automaticamente. Eu queria tanto participar desse desfile. Sinto que aqui estou chegando mais perto de descobrir quem eu sou.

Mas, depois da conversa que tive com a Júlia, ela me fez perceber que não tenho como ficar aqui, nesse lugar temporário, enquanto a minha vida real está acontecendo do outro lado do oceano. Pensei sobre isso o final de semana inteiro e a verdade é que acho que a melhor decisão é voltar.

— Me contem, tiveram alguma ideia? — Louise começa a reunião, e sinto cólicas. — Aimée, pode começar com as suas.

Ela parece um pouco insegura ao falar, ainda mais com a presença de Louise, que, convenhamos, não tem uma grande reputação por ser compreensiva e boazinha.

— Pensei em algo mais unissex que possa ser confortável para todos, independentemente do gênero.

— Uau! — digo, vibrando com a ideia. — Isso é bem legal.

— Você é genial! — diz Louise, com os olhos brilhando. — Acho que Mavi acertou em ver potencial em você. E você, Mavi, que ideia trouxe?

Sinto meus músculos congelarem. Não pensei em nada, para ser bem sincera. O máximo que pensei foi em como falar para a minha amiga que não vou participar de nada disso. E acho que está na hora de quebrar o silêncio.

— Eu não vou poder participar do desfile — digo, de supetão.

— O quê? — pergunta Aimée, confusa. — Por quê?

— É, Mavi, o que quer dizer com isso? — pergunta Louise, ainda sem entender. Meu coração bate acelerado no peito.

— Vou ter que voltar para o Brasil. Meu pai permitiu. Só fiquei sabendo no dia do jogo.

— Como é? — Louise se levanta com rapidez e caminha até mim, furiosa. No fundo dos olhos dela consigo ver uma nuvem de dor e decepção. — Você vai me deixar na mão?

— Não... quer dizer... mais ou menos. Preciso voltar, Louise.

— Não, você não pode fazer isso — insiste ela, com a voz dura.

Louise sai da sala, irritada e com o rosto vermelho como um pimentão.

Eu sabia que não seria fácil, mas não esperava que fosse ser tão difícil para nós duas. Entretanto, não existe jeito fácil de machucar as pessoas de que gostamos. Sempre vai ferir tanto elas quanto nós.

— Louise, espera! — grito enquanto corro, tentando conversar.

Ela para de andar e se vira na minha direção. O rosto dela me olhando é uma máscara de fúria.

— Você prometeu que participaria disso comigo! Você mentiu.

— Eu não menti, só não sabia que meu pai ia ter um filho e decidiria que seria melhor eu participar de todo o processo — digo, esgotada, sem forças para brigar.

Eu só quero que ela me entenda.

— Você nem queria ter um irmão, quem está tentando enganar?

— Eu não queria, mas agora vou ter. Sinto muito.

— Não sente nada, você é igual a todo mundo aqui. Egoísta. Seja feliz no Brasil com um pai que não está nem aí para você, com sua madrasta psicopata e com um namorado imbecil que não está dando a mínima para o que você faz.

— Ei! — grito, mas já é tarde demais. Louise desaparece pelos corredores, irritada. Sei que não posso fazer nada além de respeitar a raiva dela e entender que fiz o que podia.

Alguém surge ao meu lado e pega a minha mão. É Gabriel. Não bastava ter que dar a notícia para Louise, agora preciso falar com ele também.

— Fica tranquila, essa é só a primeira. Vocês ainda vão brigar muito durante o projeto, mas no final vão ganhar. Eu apostaria qualquer coisa na Galliera.

— Não foi isso... — falo, baixinho, mas não o suficiente para que ele não me escute.

— Então, o que aconteceu? — pergunta ele, intrigado.

Coragem, Maria Victória. Tenha coragem.

— Vou voltar para o Brasil.

Não ouso olhar para ele e continuo encarando meus sapatos fixamente. São lindos, inclusive, um par de oxfords da Maison Margiela. Louise os elogiou hoje pela manhã e essa foi a maior prova de que nossa amizade estava caminhando bem. Ela sempre reclama de tudo que eu uso.

— Quando? — A voz dele parece trêmula.

— Semana que vem... escuta, não fica bravo comigo por não ver seu jogo. Por favor, não me chama de egoísta... é só que...

— Você sente saudades de casa. Está tudo bem.

— Tudo bem? — Fico surpresa e ouso olhar para ele pela primeira vez.

— Sim, está tudo bem. A Louise está irritada, mas eu não.

— Gabriel olha para mim com carinho e uma sensação boa me preenche. Finalmente me sinto compreendida. — É claro que eu preferia você aqui. Mas prefiro mais ainda te ver feliz.

— Obrigada por isso... estou me sentindo péssima com toda a situação do desfile, sua irmã me odeia e, ainda por cima, não vou conseguir conhecer os lugares de Paris de que minha mãe tanto fala no diário.

— Olha, sobre o desfile, não tem o que fazer, você já tomou sua decisão. Quanto à Louise, ela te adora. É só esperar um pouco que ela vai se acalmar e entender seus motivos. Mas conhecer Paris, isso eu posso resolver — fala ele, num tom bem-humorado.

— É? Como?

— Amanhã, pegamos o trem de madrugada e passamos um dia inteirinho em Paris. Não é o suficiente, mas vai ser bom pra você.

— Você iria comigo?

— Claro — ele fala, entusiasmado. — Louise com certeza não vai, ela é cabeça-dura. Mas prometo ser um ótimo guia.

Abraço Gabriel com força. Vou sentir muita saudade dele. Fico emocionada que pelo menos uma pessoa tenha aceitado bem a minha volta ao Brasil. Apesar de tudo de bom que aconteceu comigo aqui, sei que não faz sentido continuar. A única missão que ainda tenho é visitar os locais do diário da minha mãe. Quero voltar para o Brasil com o coração em paz por ter vivido um pouco do que ela amava.

— Como vamos conseguir autorização para sair?

— Não vamos — ele sussurra. — Ninguém precisa saber. Vai ser o nosso segredinho.

Sinto um frio na barriga. Mas quem se importa, já que vou embora daqui a alguns dias?

— Vivendo perigosamente.

— Sim. — Ele dá uma risada. — Espero você às três da manhã no portão para sairmos o quanto antes.

— O que eu vou falar para a Louise?

— Com ela eu me entendo, fica tranquila.

Silêncio. Louise está sentada na cama e vez ou outra me encara. O clima no quarto está tão tenso como quando Taylor Swift ignorou a pergunta sobre Justin Bieber no Billboard Awards. Ela simplesmente finge que eu não existo.

— Tem certeza de que não quer ir? — pergunto, mesmo sabendo a resposta. — Vai ser legal...

— Não — responde me cortando, monossilábica.

— Louise, eu gosto de você. Não quero ir embora daqui brigada.

— Foi você quem escolheu isso, sinto muito.

— Você tem que entender meu lado.

— E você tem que entender o meu. Eu não queria ser sua amiga, acabamos ficando próximas. E aí, quando começo a contar com você, você decide ir embora. Assim como todo mundo.

— Quem é todo mundo?

— Não interessa.

Ela gira o corpo para a parede, ignorando minha presença. Acabo de fechar a mochila e olho para o relógio, que já marca três da manhã. Eu e Gabriel combinamos de nos encontrar na frente do portão neste horário.

— Eu já vou indo, quero perguntar uma última vez. Tem certeza de que não quer ir?

— Sim — solta ela.

Hesito por alguns segundos, sentindo um aperto no coração. O que eu mais queria era poder me despedir da França ao lado de Louise. Se ela pelo menos entendesse o que eu estou passando...

Saio do quarto apagando as luzes e acedo a lanterna do celular. Está tudo apagado, não quero correr o risco de alguém me encontrar fugindo. Desço as escadas de forma leve para que meus sapatos não causem nenhum ruído.

— Bu! — Gabriel me assusta, e dou um grito.

— Babaca, estava tentando ser discreta. Você me assustou.

— Vamos! — Ele segura minha mochila e atravessamos o jardim.

— Não acredito que vou ter que fazer isso de novo.

— Já se tornou especialista nisso. — Ele joga a mochila para o outro lado da grade e pula. — Sua vez.

Começo a escalar as grades e pulo, me lembrando da adrenalina que foi a primeira vez que fiz isso. Nota mental: não cometer mais esse tipo de atrocidade.

— O trem sai às quatro da manhã e devemos chegar na casa dos meus pais umas seis. Podemos ir direto desbravar Paris.

— Estou empolgada! — digo, mas com uma tristeza na voz.

— Louise não quis vir mesmo...

— Antes de eu sair, ela comentou comigo que todo mundo vai embora. De quem ela está falando?

Gabriel fica pensativo e em silêncio por alguns segundos. Chegamos na plataforma e ele ainda não respondeu minha pergunta. Imagino que tenha algo escondido nessa história também.

— Minha ex-namorada.

— Quê?

— Ela e Louise dividiam quarto também, ela estudou aqui uns anos e éramos muito amigos. Mas ela voltou para o Brasil e Louise ficou arrasada. Talvez por isso tenha demorado a gostar de você. — Gabriel tenta soar casual, mas sei que está incomodado.

— E você e ela...? — Fico sem saber muito o que dizer e o clima parece ter ficado esquisito.

— Tentamos por alguns meses, mas depois não deu mais certo. Namoros a distância são complicados.

— Sei bem.

— O problema de relacionamentos a distância não são os quilômetros que te impedem de ver quem você ama, mas o tempo. Com o tempo o sentimento vai amenizando, a saudade perdendo a relevância e as brigas piorando. Até que chega um momento que não faz sentido insistir, basta deixar que esse mesmo tempo cicatrize o que restou — diz ele, me encarando de volta, mas fico sem ter o que falar.

O trem chega e entramos no vagão, nos acomodando nas poltronas. Encosto minha cabeça no ombro de Gabriel e ele me aconchega e me blinda do frio que está aqui dentro. Fecha os olhos e relaxa, quase adormecendo.

— Você acha que o tempo vai me fazer esquecer? — pergunto, e ele me olha confuso.

— O seu não namorado do Brasil?

— Não, minha mãe.

Gabriel me olha e respira lentamente até segurar minha mão e apertá-la com força.

— Você nunca vai se esquecer dela. O que sente não é apenas saudade, é falta. E essa dói muito mais.

Sei disso. Sentir saudade foi o que me acompanhou nas primeiras semanas sem ela, mas hoje sinto falta. Falta do que ela não viveu comigo e falta do que poderíamos ter vivido juntas. E essa é a pior parte do luto: se enxergar em um lugar que já não existe mais.

## CAPÍTULO 21

O dia amanheceu lindo, o sol está raiando agora e a paisagem pelo trem já é fantástica. Estou ansiosa para desbravar Paris. Olho pela janela do trem e vejo que já chegamos. Acordo Gabriel, que parece zonzo de sono depois de dormir a viagem inteira. Não dou nem tempo para ele acordar e já começo a pegar nossas mochilas. Preciso viver logo a magia de Paris.

Gabriel me disse que os pais dele moram perto dali, mas não estariam na estação para nos recepcionar porque costumam ir muito cedo até o mercado para comprar ingredientes frescos para o restaurante.

Pegamos um táxi e chegamos no apartamento. Assim que entro, me sinto sufocada. Parece um baú de tão pequeno, e não há espaço para abrir uma mala grande na sala. Ainda bem que estou apenas com uma mochila e uma bolsa de mão.

Gabriel parece notar o meu estranhamento e diz:

— O metro quadrado em Paris é muito caro, os apartamentos são pequenos.

— Imagina! Onde posso tomar banho? — pergunto.

Cavalo dado não se olha os dentes, e só a possibilidade de um banho já me faz extremamente feliz.

— Por aqui.

Entro no banheiro, que me causa claustrofobia de tão pequeno. Ligo o chuveiro e caem dois pingos de água por segundo.

É, Paris não é tão glamourosa quando se vive numa realidade social diferente dos cartões de crédito sem limites.

Levo cerca de quinze minutos para conseguir limpar meu corpo e por sorte decido não lavar meu cabelo. Gabriel entra logo depois de mim e parece demorar o dobro do tempo. Aproveito para me maquiar e me arrumar, colocando a boina da minha mãe.

Me sinto como ela, numa versão menos ostentadora, claro. Não consigo imaginar minha mãe vivendo em um local tão apertado. Como vinha visitar essa família e ficava hospedada aqui?

Enquanto estou distraída, vejo Gabriel saindo do banheiro apenas de bermuda, mostrando todo o seu abdômen que parece ter sido esculpido por anjos. As horas e mais horas de dedicação ao tênis valeram a pena.

— Por onde você quer começar? — Gabriel me pergunta, e respondo de prontidão.

— Jardins du Trocadéro, óbvio — falo, entusiasmada. — Quero ligar para o Miguel, meu não namorado, diretamente da Torre Eiffel e contar que estou voltando para o Brasil na semana que vem.

— Acha que ele vai reagir bem? — o tom de voz dele parece rígido. — Faz tempo que vocês não se falam.

— Sim, acho que esse tempo foi bom para ele perceber o quanto sou importante pra ele — respondo, fingindo uma confiança que não tenho. Eu realmente espero que Miguel aja da maneira que espero.

— Ça va?

— *Oui* — respondo, puxando um sotaque.

Enquanto andamos até a porta, Gabriel para e me fala:

— Mas se permite dar uma sugestão... a vista da torre pela Rue de l'Université é muito melhor — opina ele, mas nego com a cabeça. Ele parece impaciente e solta: — Confie em mim.

— Não! — protesto. — Esse jardim foi onde meu pai e minha mãe tiraram as fotos da lua de mel deles. Quero ligar para o Miguel de lá.

— Vai pedir ele em casamento ou só falar que está voltando para o Brasil? — bufa Gabriel, impaciente.

*Argh*. Nessas horas odeio homens. Tudo para eles se torna normal e sem emoção.

— Gabriel, sinta-se à vontade para ficar aqui enquanto eu falo com o amor da minha vida.

Saio do apartamento no meu melhor estilo debochada.

— Você é muito jovem pra acreditar que vai se casar com o primeiro cara que beijou. — Ele me segue, rindo depois de falar.

— Foi assim com os meus pais. Por que não seria assim comigo? — pergunto, de forma retórica.

— Você fala que sua madrasta quer ser sua mãe, mas de vez em quando me parece que você é quem quer ressuscitar a vida dela o tempo inteiro. Viva sua vida, Mavi.

Sinto uma fisgada no coração. Encaro Gabriel e ele está pálido como um cadáver. Acho que percebeu o quanto pegou pesado e o quão insensível foi com as palavras. A memória da minha mãe ainda continua vívida dentro de mim. Não consigo superar a perda dela e faço questão de mantê-la por perto em todas as minhas decisões.

Ainda faltam mais de dez coisas para completar a lista do diário de viagem. Estou há mais de um mês na França e só agora estou tendo a oportunidade de desfrutar da magia parisiense. É a primeira vez que consigo sentir a presença da minha mãe em muitos anos. É desumano o que esse inconsequente acabou de falar.

— Mavi, me perdoa, eu não quis ofender... — Ele passa a mão pelos cabelos cacheados de forma desesperada. — É só que a vista é melhor, queria que você construísse suas próprias memórias.

— Não estou nem aí para o que você quer — retribuo com a mesma arrogância, apressando o passo para que ele não me acompanhe. — E não precisa me acompanhar. Eu vou sozinha.

— Você ainda não sabe falar francês direito.

— Sem dúvidas essa patricinha fútil consegue mostrar o Google Tradutor para um motorista de táxi.

Ele não me deixa sair de imediato, mas empurro a porta da frente do apartamento em meio às lágrimas. Gabriel me encara enquanto desço as escadas correndo e tenta me alcançar, mas já estou dentro do táxi quando olho para ele parado na frente do apartamento, sem reação.

Apesar de um cubículo, o apartamento dos Gregory é muito bem localizado. Em cinco minutos já estou chegando lá. É ainda mais incrível olhando ao vivo. Salto do carro e três caras tentam enrolar uma pulseira em meu braço, sorrindo para mim, mas conheço esse golpe por ter lido bastante sobre segurança na França. Primeiro eles colocam a pulseira sem você permitir e depois te cobram. Fecho a cara e desvio deles, andando até dar de cara com a torre.

Como é linda! Muito mais do que imaginei.

Olho ao redor e vejo vários casais com fotógrafos tirando fotos e me pergunto como foi para os meus pais. Imagino a alegria da minha mãe em estar aqui. Então abro o diário dela logo na página dos Jardins e vejo a mensagem que deixou ali.

> *MEU LUGAR PREFERIDO EM PARIS E O MEU SEGUNDO LUGAR PREFERIDO DA FRANÇA!*
>
> *NADA MELHOR QUE ME SENTAR NO PARAPEITO DA ESCADA PARA TIRAR FOTOS INCRÍVEIS E ME DELICIAR COM UM CROISSANT E FROMAGES AVEC CONFITURE...*

Fico confusa ao ler aquilo. Segundo lugar preferido? Não deveria ser o primeiro? Folheio as páginas seguintes em busca de alguma dica. Se esse é o segundo lugar preferido da minha mãe, onde fica o primeiro? Por que ela não o menciona em nenhum outro lugar? Que mistério é esse por trás de um lugar?

Desisto com um suspiro. Sinto muito, mamãe, mas não estou com tempo para tentar entender a sua mente virginiana. Preciso me conectar a alguma rede wi-fi e ligar para o Miguel. Nesse horário ele provavelmente está na academia, então não tem como recusar a ligação. Ele atende a videochamada de primeira e meu sorriso congela quando vejo que, do outro lado, ele não parece muito animado.

— Oi, Vih! O que aconteceu? — A voz do Miguel não parece muito animada.

— Estou voltando para o Brasil! Devo chegar aí na semana que vem — digo, envergonhada.

— Ah...

— Ah? — repito. — Não vai falar mais nada?

Ele passa a mão nos cabelos, então se levanta e vai até uma área mais reservada. Meus olhos começam a se encher de lágrimas. Sei bem a direção em que isso tudo está indo e não gosto nem um pouco do que vem por aí.

— Escuta, você já tá aí faz um tempo. As coisas devem ter mudado para você — ele diz, ainda parecendo incomodado. Fico calada, aguardando o que já sei que ele vai me dizer. — Bom, para mim as coisas continuaram aqui. Queria ter conversado com você antes, mas não consegui.

— O que está querendo me dizer, Miguel? — questiono um pouco mais firme dessa vez. — Seja direto.

— Eu e Bia estamos namorando.

— O quê? — grito, e todos os casais e fotógrafos em volta me olham embasbacados. — Você me disse que não tinha tempo pra namorar.

*Otária. Otária.* Minha voz interior não para de repetir em alto e bom som. Claro que preferi acreditar que não estava acontecendo nada de mais no Brasil, que eu estava apenas aumentando o fato de ele estar distante pela óbvia distância física entre nós. Claro que preferi acreditar que ele estava enfiado no quarto estudando física em vez de me traindo com outra. E nem reivindicar a traição eu posso, porque no fim, nós nunca namoramos, não é?

— Você me trocava por uma olimpíada de física e por uma série de bíceps na academia, mas resolveu voltar com sua ex-ficante de quem você falava mal? — repreendo, às lágrimas. — Miguel, seus neurônios estão sendo consumidos pela fórmula de Bhaskara ou coisa do tipo?

— Gatinha, me escuta... — A voz dele me soa pegajosa e me causa enjoo. — Você foi embora e aí eu acabei percebendo que eu e a Bia...

— Você falou mal dela para mim, seu babaca! — digo, indignada. Não consigo acreditar no que estou ouvindo. — E quer saber do que mais, Miguel? Não vou deixar que você estrague o segundo lugar preferido da minha mãe na França para mim. Dane-se você e a sua namorada.

Desligo a ligação e noto que a maioria das pessoas está me encarando, e cerca de dez pombos parados embaixo de mim comem o que agora são só farelos do croissant que amassei durante a conversa, com toda a raiva que senti. É muita humilhação para uma pessoa só. Detesto esperar muito das pessoas. Infelizmente tem gente que não tem nada de bom a oferecer. Mas pior do que não ter nada de bom é ter tudo de ruim.

Olho para o diário de minha mãe que, com a raiva, acabei derrubando no chão. Olho para as folhas dele, já amareladas pelo tempo, e volto a abri-lo na página do jardim. Não terminei de ler e espero que dessa vez a magia do diário me dê um bom conselho.

MUITOS CASAIS SÃO PEDIDOS EM CASAMENTO AQUI E ESSE LUGAR SE TORNOU UM CLICHÉ DAQUELES LINDOS. MAS DEPOIS DO PEDIDO NÃO VEM O FINAL FELIZ. VEM UMA LONGA HISTÓRIA. NEM TODAS AS PESSOAS VÃO TER A MESMA SORTE. E SORTE É ALGO EXTREMAMENTE RELATIVO. RAFA FOI O MEU PRIMEIRO NAMORADO, O ÚNICO HOMEM QUE AMEI NA VIDA. MAS ÀS VEZES EU ME PERGUNTO: SERÁ QUE VIVI O SUFICIENTE? SERÁ QUE CURTI A VIDA O BASTANTE?

NÃO ACHO QUE UM CASAMENTO TE IMPEDE DE VIVER, MAS DE VEZ EM QUANDO SINTO QUE TALVEZ PUDESSE TER FEITO MAIS POR MIM MESMA. UMA DAS COISAS MAIS

> IMPORTANTES DA NOSSA VIDA É CONSTRUIR MEMÓRIAS.
> AS MINHAS SEMPRE VÃO ENGLOBAR MEU MARIDO, O QUE
> É MARAVILHOSO. MAS TAMBÉM QUERO PODER CONSTRUIR
> MEMÓRIAS NOVAS QUE INCLUAM SONHOS MEUS, COMO A
> MINHA MARCA.

Não há um momento que eu não leia este diário com os olhos brilhando. Mais uma vez, minha mãe acertou em cheio e parece que está falando diretamente comigo. Passamos tanto tempo em busca de preencher lacunas em nossas vidas que nos esquecemos de construir memórias de verdade. Eu queria seguir um roteiro, mas a vida vai lá e me mostra que não devemos esperar para montar nossa vida a partir do desejo do outro. Precisamos construir nossos sonhos em cima do que realmente queremos. O que eu quero? Não sei também. Mas sem dúvidas já sei o que não quero.

Sabe, é melhor jogar a toalha e pular fora. Também cansei dessa indecisão e dessa angústia de sempre esperar até que o outro decida quando é melhor pra ele. Agora quero saber quando vai ser melhor para mim. Quero estar ao lado de alguém que tem vontade de estar comigo.

Não preciso do Miguel. Não preciso que ele passe no vestibular e tenha a vida estruturada para ficar comigo. Acreditei nisso e olha só o que me aconteceu. Porque nunca foi sobre uma prova, sempre foi sobre a gente. E a gente só existiu dentro da minha cabeça. Mas eu e meus sonhos, objetivos e vida somos reais. Posso torná-los realidade.

Se algum dia estivemos juntos foi porque eu quis e porque me esforcei para isso, e é terrível saber que não houve reciprocidade. A verdade é que, no momento em que percebi que o máximo que ele poderia me oferecer eram apenas migalhas, era pra eu ter sido fiel ao meu amor-próprio e ligado o alerta, recalculando a rota. Mas a gente insiste em achar que sempre dá para consertar.

A realidade é que muitas vezes o conserto sai mais caro que comprar uma peça nova. Foi bom enquanto durou, mas não vou permitir que dure mais nenhum segundo.

— Você é brasileira? — Minha alma volta para o meu corpo quando vejo uma senhora me perguntar.

— Sim, sou — digo, ainda triste.

— Pode tirar uma foto nossa? Estamos completando quarenta anos de casados.

— Parabéns! — Dou um sorriso amarelo.

Tiro a foto do casal e logo saio de perto. Preciso de açúcar. Preciso sair em busca de um crepe de Nutella com muito recheio para consolar minha tristeza. Era para ser um dia especial, de uma viagem especial. Mas acabou virando esse completo inferno.

Desço até a esplanada e atravesso todo o jardim até ver o carrossel encantado e a barraca de crepes ao lado. Peço um salgado e um doce no meu melhor francês e parece que me entenderam bem, pois a comida vem exatamente como pedi.

Dou a primeira mordida e... uau, como é fantástico! Não tem como sofrer por amor em Paris comendo tão bem. Até o crepe de rua dessa cidade é sensacional.

Decido tirar uma foto para postar nos stories do Instagram. Estou sentada em frente ao rio Sena e o sol ilumina perfeitamente meu rosto. Está incrível, mas a legenda é a melhor parte de todas.

> Como sofrer por um cara mediano e de caráter duvidoso em uma cidade como essa? Repense.

Envio sem um pingo de remorso.

Não ligo se Miguel acabar vendo. No fim, é verdade. Estou arrasada, mas ao menos estou arrasada em Paris, o que torna tudo mais poético e glamouroso. Acabo de comer meu crepe de *emmental* e começo o de Nutella. E minha nossa, esse crepe doce consegue ser ainda melhor. As camadas milimetricamente moldadas com o recheio de creme de avelã na medida certa. Isso poderia ser considerado um pecado de tão maravilhoso.

Pego o diário da minha mãe e procuro pela página do rio Sena. Vejo uma foto dela sentada no exato lugar em que estou. Fico arrepiada pela nossa semelhança, ainda mais por ela estar em frente às embarcações. Claro, também comendo um crepe maravilhoso. Ela ostenta um sorriso lindo no rosto que me causa saudades.

> EXISTE ALGO FASCINANTE A RESPEITO DA VIDA. ELA É COMO UM RIO. PARECE APENAS UMA FALA UM TANTO POÉTICA, MAS PRECISO FUNDAMENTAR MINHA TEORIA.
>
> É QUE A VIDA TEM SUAS CORRENTEZAS, EM ALGUNS MOMENTOS MAIS FRACAS, EM OUTROS MAIS FORTE. MAS PODEMOS SEMPRE TER UMA CERTEZA SOBRE QUALQUER RIO: UMA HORA ELE DESEMBOCA NO MAR.
>
> ASSIM TAMBÉM É A VIDA. UMA HORA ELA ACABA E O QUE RESTA É COMO VOCÊ PASSOU POR CADA UMA DESSAS CORRENTEZAS. EXISTEM MOMENTOS EM QUE PENSAMOS QUE NÃO IREMOS AGUENTAR, E OUTROS EM QUE TUDO É TÃO LEVE QUE APENAS CURTIMOS A PAISAGEM. GOSTO DE OLHAR PARA O RIO SENA E IMAGINAR MINHA VIDA COMO ELE, REPLETA DE BONS MOMENTOS PARA DESFRUTAR. MAS, CASO EU ESTEJA TRISTE OU PARA BAIXO, QUERO PEGAR UM CREPE DELICIOSO E ME SENTAR À MARGEM PARA APENAS OBSERVAR. PORQUE TAMBÉM HÁ MOMENTOS EM QUE O RIO DÁ UMA ACALMADA E CABE A NÓS ENTENDER A MENSAGEM.

— Eu entendi a mensagem, mãe — falo, baixinho.

Acho que às vezes a gente insiste tanto para manter as coisas como estão que a vida vai lá e sacode tudo para nos tirar da zona de conforto. Foi isso o que aconteceu comigo. No fim das contas, essa foi mesmo a melhor opção. Posso dizer que, por mais que me doa, tenho aprendido a aceitar finais de ciclos. Claro que num primeiro momento me revolto, surto, reclamo e brigo com a vida; mas depois respiro lentamente, mudo a rota e sigo em frente.

É assim que tem que ser. Nada é imutável. Nada é permanente. Soa até esquisito falar isso depois de já ter reclamado tanto. Mas acho que uma hora a maturidade abre a porta e entra na nossa vida, e, se formos espertos, acolhemos ela de bom grado. A maturidade não nos impede de sofrer, mas nos mantém mais calejados com a dor.

Me assusto com a sombra que aparece à minha frente. Meu bom humor some no momento em que Gabriel chega.

— Como você me achou aqui? — digo, encarando-o com medo.

— Implantou um GPS na minha bolsa?

— Não foi muito difícil. Segui você nas redes sociais, lembra?

— retruca ele, e solto um suspiro, esgotada. — Deu ruim com o seu futuro marido?

— Acho que oficialmente me separei do meu ficante. O que você me indica? — falo, com uma risada histérica.

— Acho que você já está muito bem acompanhada com todo esse pacote clichê parisiense — solta ele, enquanto se senta ao meu lado e me puxa para mais perto. — Mas sério, como você está?

— Chateada e brava. Você estava certo.

— Eu não queria estar...

Nós nos entreolhamos e passamos alguns minutos em silêncio. Eu e Gabriel temos alguns momentos assim. Neles, nosso silêncio preenche o ambiente e não se torna embaraçoso. É aconchegante saber que existe alguém com quem até o não dito significa bastante.

— Não é o fim do mundo, e você sabe disso, embora agora pareça ser — diz ele, pegando minha mão. Sinto o calor dos dedos dele nos meus. — Você vai acabar encontrando outra coisa para amar, pois a vida é assim. Sempre que algo nos deixa abre espaço para algo novo se fazer presente.

— Parece que estou sempre sendo enganada. Foi assim que aconteceu com a Dominique, foi assim com o Miguel, foi assim quando meu pai começou a namorar com a Denise e foi assim até mesmo com ela própria, que me enganou fingindo ser minha amiga. O que há de errado comigo?

— Você é uma boa pessoa, e pessoas boas infelizmente passam por essas coisas. — O tom dele é cauteloso.

— Será que sou boa ou apenas uma tremenda trouxa de acreditar em tudo o que me falam? — falo, dando de ombros.

— Não olhe pra você como a pessoa trouxa. Olhe pra você como a pessoa que esteve sempre disposta a tentar — ressalta ele.

Ele me olha de novo por tanto tempo que começo a ficar envergonhada pela primeira vez. É como se estivesse me analisando, ou prestes a falar uma coisa que com certeza vai me fazer questionar muitas outras. O olhar dele é penetrante. Gabriel é a pessoa mais observadora que já vi.

Franzo a testa até que ele perceba o meu desconforto.

— Verdade seja dita, tem muita gente suja no mundo. Gente sem responsabilidade afetiva. Gente sem coração. Gente sem noção — continua ele. — E pra mim se tornou libertador entender que não é culpa minha que o outro seja assim. Mais do que isso, entendi que não é meu papel consertar algo podre, e não posso deixar que algo ruim me contamine.

— O que quer dizer com isso? — Eu me forço a perguntar.

— Você é uma pessoa boa e isso não deveria mudar só porque os outros são uns cretinos com você — responde, e minhas bochechas estão em chamas. Acho que ele percebeu. — Você é uma pessoa capaz de enxugar as próprias lágrimas e botar um sorriso no rosto, mas também é a pessoa que quer se vingar a qualquer custo de tudo e todos.

— Não sou assim...

— É sim. Você quer fazer justiça com as próprias mãos e, às vezes, a melhor escolha é apenas deixar pra lá — fala ele, me consolando, mas não estou satisfeita.

— Você acha correto as pessoas magoarem umas às outras e deixarem por isso mesmo?

Ele puxa o ar, pega o crepe das minhas mãos, morde um pedaço e raspa o que sobrou no chão. Depois, me devolve.

— Argh, você acaba de estragar uma das maravilhas do mundo, sabia? — bufo, chateada.

— Foi só pra te mostrar que até as coisas de que gostamos podem ser ruins para nós, às vezes. — Ele dá uma piscadela e continuo confusa. — Paris tem muitos ratos. Esse chão com certeza deve ter xixi deles e comer esse crepe agora te faria mal.

— Vou jogar no lixo.

— Exato, é isso que você deve fazer com as pessoas que não te fazem mais bem. Jogue no lixo. — Ele confirma com a cabeça, sorrindo.

— Ótima metáfora, bobão, mas fiquei sem meu crepe.

— Não tem problema, vamos — diz ele, levantando-se e me dando a mão. — Tem que sobrar espaço na sua barriga para outras delícias parisienses.

## CAPÍTULO 22

*Bonjour!*
*Monsieur!*
*Ça va bien?*

Consigo ouvir todas as frases que sei falar com um visual fantástico para compor toda a magia parisiense. Estamos andando às margens do rio Sena. Não sei aonde Gabriel está me levando, mas espero que seja um lugar legal. Tudo aqui é bonito, até os cachorros. Não vai ser difícil de ele acertar.

— Estamos perto? Meus pés já estão doendo! — Faz uns quinze minutos que estamos andando por aqui.

— Falta pouco, mas temos só um dia para vermos o melhor de Paris! Então corre — diz Gabriel, me puxando pela mão e correndo mais um pouco. — *Voilà*, bem-vinda à Champs-Élysées.

— Socorro! — falo, com um sorriso no rosto. — Olha o Arco do Triunfo ali!

— Sim! E do lado ficam a Ladurée e a Pierre Hermé, mas não vejo nada demais nesses macarons. Acho que fazem sucesso apenas com turistas — solta ele, com desdém.

— E o que você me indicaria?

— Tem um doce que é meu preferido, ele fica disponível apenas nessa época do ano. Do início do outono até mais ou menos o final do inverno. É incrível.

— Vamos lá! — falo, feliz. — Quero conhecer Paris do seu ponto de vista.

Gabriel parece aliviado. Estava um pouco tenso depois da discussão que tivemos hoje mais cedo. Sei que ele não falou por mal, mas aquilo mexeu comigo. E por mais que seja duro de admitir, ele está certo. Sei disso. Preciso viver minha vida sem ficar pensando tanto no que minha mãe acharia disso ou daquilo.

São muitas suposições que não vão se tornar reais. Mais cedo ou mais tarde, o luto precisa se tornar apenas saudades. Quero dizer, algumas vezes ainda vai doer e tenho certeza de que vou achar que nunca vai passar, mas agora percebo que passa. O que não dá é para transformar a vida em um eterno memorial de quem partiu. É preciso seguir em frente. Desapegar-se da ideia de um futuro hipotético e arriscar-se em um presente maravilhoso. Assim é a vida.

— Antes do doce, quero levar você no meu restaurante preferido — fala Gabriel, me conduzindo com as mãos. — Fica aqui perto.

Ele sempre se dedica a tornar tudo leve e confortável para mim. É tão gentil e carinhoso que não tenho opção a não ser ficar com o coração quentinho.

Saímos andando por toda a Champs-Élysées até virar em uma pequena rua. Fico encantada com o cenário, que mais parece um episódio de *Emily em Paris*. Contemplo as cadeiras na calçada, as bitucas de cigarro no chão e o cheiro de comida deliciosa por todas as partes. Até que Gabriel mostra que chegamos no lugar esperado. É um restaurante aconchegante chamado Le Bistro Marbeuf.

— Tem uma garçonete aqui que fala português — fala ele, acenando para uma garçonete que me parece muito simpática.

— Olá, Gabriel! Quanto tempo, querido. — Ela o abraça de forma calorosa, assim como os brasileiros fazem. — E quem é essa?

— Maria Victória! — digo. — Sou brasileira também.

— *Enchantée*. E o que vai ser, o de sempre?

— Sim! O de sempre — confirma Gabriel, acenando com a cabeça.

— Não faço ideia do que seja o de sempre, devo me preocupar? — pergunto para a garçonete, que dá risada enquanto volta para a cozinha.

— Jamais. Confie no meu gosto! — diz ele, sorrindo.

Minutos depois ela volta com dois pratos fartos de coxa de pato com uma espécie de batata. O cheiro está delicioso, e a cara, mais ainda. Imagino que o sabor esteja tão incrível quanto.

— *Confit de canard avec gratin dauphinois*! — Ela posiciona os pratos na mesa e minha boca automaticamente fica aguada. — *Bon appétit*!

— O que são *gratin dauphi...* não sei das quantas? — pergunto, antes de experimentar.

— É a coisa mais deliciosa que você já comeu na vida, não tem como explicar.

— Ok! — Dou a primeira garfada e descubro que ele está certo. — Isso é fantástico!

Devoro o prato como se nunca tivesse comido na minha vida. É absolutamente incrível. O sabor do pato com as batatas gratinadas e o molho explodem em minha boca. Toda vez que como algo neste país, digo que é a melhor coisa que já experimentei, e acho que essa é a beleza da França: ser sempre surpreendida. Sem dúvidas foi isso que minha mãe viu por aqui e que a fazia voltar tantas vezes no mesmo ano.

— O que achou? — pergunta Gabriel, e percebo que acabei com tudo em menos de dois minutos.

— Preciso responder?

— Espero que tenha espaço para a sobremesa! — comenta ele, e eu fico enjoada só de pensar em comer mais. — Mas fique tranquila, vai ter tempo de fazer a digestão. Vamos.

Gabriel deixa o dinheiro com uma boa gorjeta em cima da mesa e caminhamos pelas ruas aparentemente sem muito rumo. No caminho, olho o tempo todo para cima para ver os monumentos da cidade.

— Ali você consegue ver a entrada do Louvre. — Ele aponta para o lado direito e olho para a fila quilométrica. — Precisaríamos de pelo menos um mês aí dentro para conseguir ver tudo o que tem.

— Preciso vir para Paris passar mais tempo. Talvez no Natal, depois que as aulas acabarem.

Ele para de andar e me encara.

— Ué, e você não vai mais voltar para o Brasil? — pergunta, sem entender muito bem.

— Não mais... — digo, cabisbaixa. — Não tem por que voltar. Pensando bem, tudo o que fiz foi pelo Miguel, mas agora...

— Sempre achei que você quisesse voltar por conta do seu futuro irmão.

Eu também. Essa foi uma das mentiras em que quis acreditar, mas sinto que preciso fazer algo por mim. A presepada do Miguel me abriu os olhos. Quero construir algo meu, memórias minhas. O desfile, as amizades... no Brasil não tenho quase ninguém além da minha família. Aqui, pela primeira vez em muito tempo, sinto que consegui recomeçar.

— Acho que estou gostando de ficar por aqui, e, se vocês me adotarem, posso passar o Natal com a família Gregory. — Faço um biquinho com a melhor cara de Maria Pidona que consigo.

— O... o quê? — Gabriel finge surpresa. — Vai passar o Natal naquele apartamentinho?

— Há-há-há! Vou até conseguir conviver, se você começar a tomar banhos mais rápidos — brinco, e ele começa a rir daquele jeito que me deixa alegre.

— Então será uma honra. Vou adorar! — Ele fica calado por alguns segundos e então resolve contar um segredo: — Sabe, não sei se você se lembra disso, mas teve um ano que sua mãe veio para Paris próximo ao Natal. Ela tinha uma reunião e nevou muito por aqui. Os aeroportos fecharam e ela achou que não fosse conseguir voltar a tempo.

— Eu me lembro disso... — Foi o último Natal que passamos juntas, não teria como me esquecer.

— Ela comprou um suéter para você com a cara do Papai Noel estampada.

— Não me lembro desse suéter... — digo, tentando puxar pela memória.

— É, ela esqueceu o suéter lá em casa. — Gabriel fica com a voz embargada. — Guardamos ele até hoje, não tivemos chance de devolver.

— Pode me mostrar quando chegarmos?

— Claro, ele é seu!

— Obrigada... — Respiro lentamente antes de continuar. — Você sabe como tudo aconteceu?

— Não. Soube que foi um acidente de carro, né? E que você e seu pai também estavam nele, pelo que me contaram.

Nunca falo sobre o acidente da minha mãe. Acho que é meu mecanismo de defesa para não me culpar mais do que fiz nos últimos anos. No final das contas, guardar esse sentimento para mim fez, por muitas vezes, com que eu me preenchesse de dúvidas sobre qual tinha sido minha culpa nisso tudo. A consequência é óbvia, perdi a pessoa que mais amei em toda a minha vida.

Não importa quais sejam os argumentos usados para me confortar, sei que eu poderia ter feito algo diferente naquela hora. Então prefiro trancar a dor dentro de mim, pois ninguém será capaz de compreender o quanto me fere pensar que tudo poderia ter sido diferente.

— Era aniversário de uma amiga minha do colégio. Tínhamos combinado de comemorar na escola, no horário de aula mesmo. Minha mãe não queria que eu fosse, pois estava chovendo muito. — Respiro fundo antes de continuar. — Então fiz uma birra enorme e eles resolveram me levar. No caminho, fui brigando com o meu pai, como de costume. Ele não queria se atrasar para o trabalho e eu demorei para me arrumar, então ele estava acima do limite de velocidade. Acabamos batendo em um poste e o carro capotou e caiu dentro do rio.

Um silêncio nos preenche. Gabriel parece estar absorvendo cada palavra que saiu da minha boca.

— Eu nem sei o que te dizer — diz Gabriel em voz baixa, como se para não me assustar. — Você se machucou muito?

— Quando o carro caiu, estávamos todos vivos. Por um milagre, meu pai conseguiu se soltar do cinto, e eu já estava solta. Mas mamãe não conseguiu. Tentamos de tudo, mas ela acabou ficando presa e o rio subiu...

— E depois, como foi tudo para você?

Ignoro a pergunta dele, absorta na memória.

— Descobrimos que ela estava grávida. Minha mãe morreu grávida — falo, já chorando. — Tinha descoberto no dia anterior e estava planejando nos contar naquele dia, mas tanto eu como meu pai fomos tão egoístas que botamos nossas vontades acima das dela.

— Não fala assim. — Gabriel para de andar e me puxa para um abraço. — Você não teve culpa.

— Eu me sinto culpada até hoje. Não sou uma pessoa boa, como você diz. Sou mimada, chata, grossa e egoísta. Só penso em mim sempre, sua irmã está certa.

Eu me sento na calçada, tentando puxar um pouco de ar. Acho que tudo isso ficou entalado dentro de mim há tanto tempo que liberar toda essa energia me deixa inquieta. Claro que não fiz nada de propósito, mas fico tentando entender como as coisas teriam acontecido se ela ainda estivesse aqui. Por fim, acabo me ferindo ainda mais. Quanto mais eu penso sobre, mais me dói. Acho que é por isso que falo pouco sobre esse assunto. Nunca foi fácil encarar a realidade.

— Você não é nada disso, você era uma criança. Qualquer criança faz birra nessa idade. — Ele me aperta ainda mais forte. — Mavi, se maltratar pelo que aconteceu não vai trazer sua mãe de volta. Tratar mal sua madrasta e achar que só porque ela e seu pai estão casados sua mãe será esquecida também não me parece saudável. Brigar pela falta de atenção que seu pai te dá não vai preencher o vazio que sua mãe deixou. Porque sua mãe, a mãe que você tanto ama e que eu tive o prazer de conhecer, estará sempre viva no coração de quem a amava. Mas você precisa se perdoar, precisa se permitir construir uma vida independente de tudo o que aconteceu. Vocês três estavam naquele carro. Infelizmente duas pessoas faleceram e duas sobreviveram. Você e seu pai estão aqui e têm o dever de viver, por vocês e por eles.

Já recebi muitos consolos pela morte da minha mãe, mas nenhum tocou meu coração da forma como Gabriel fez. Por muito tempo, me lembrar da minha mãe me causou dor e sofrimento. Agora, na França, rodeada de coisas boas que me lembram dela, me sinto melhor do que já me senti em anos. Sempre soube que seria capaz de ressignificar as memórias que tenho dela, e nunca imaginei que levaria tanto tempo, mas acho que, enfim, tenho aprendido com Gabriel.

Acontece que quando nos limpamos da culpa e nos vestimos de ressignificados, a vida passa a ter uma nova perspectiva. É preciso fechar o buraco, enterrar a dor e sacrificar os pensamentos negativos. Porque no final das contas, recomeçar é a única maneira de seguir adiante. Somente uma pessoa corajosa é capaz de tentar mais uma vez, mesmo que esteja dilacerada. Porque se amar e se permitir continuar, mesmo repleta de dores e traumas, é um ato de amor-próprio. E a vida é feita de vários recomeços, dia após dia.

— Sei que esse não é o melhor momento, mas olha para a frente — diz ele cuidadosamente, e levanto o rosto molhado de lágrimas. — Estamos na Rue de l'Université e você está contemplando a melhor vista da Torre Eiffel.

Encaro a paisagem e o monumento.

— É maravilhoso. — Sorrio, ainda meio triste. — Como você descobriu isso?

— Esse era o local em que sua mãe fazia as sessões de foto dela.

— Você tem certeza?

— Sim — responde ele, confiante. — Será que ela não fala disso no diário?

— Preciso procurar.

Abro a bolsa e tiro o diário de lá de dentro, folheando as páginas até encontrar a passagem. Olho a foto da minha mãe ao lado de Louise e Gabriel. Os dois devem ter uns três anos, no máximo, nessa foto.

— É você! — digo, com lágrimas nos olhos.

— Sim! Eu e Louise — fala ele, entusiasmado. — O que diz aí?

> TODOS NÓS TEMOS GRANDES SEGREDOS, COISAS QUE NÃO GOSTAMOS DE COMPARTILHAR. SEJA POR VERGONHA OU POR CIÚMES. UM DOS LUGARES QUE DETESTO QUE CONHEÇAM É A RUE DE L'UNIVERSITÉ. AQUI EU GOSTO DE TIRAR AS MINHAS MELHORES FOTOS COM A TORRE EIFFEL, MAS, MAIS DO QUE ISSO, GOSTO DE ENXERGAR PERSPECTIVAS.
>
> UMA MESMA SITUAÇÃO TEM VÁRIAS FORMAS DE SER ENCARADA. ASSIM COMO A TORRE EIFFEL, QUE PODE SER VISTA DE VÁRIOS LUGARES. A VIDA É ASSIM. VOCÊ PODE OLHAR PARA A CIRCUNSTÂNCIA E ACHÁ-LA RUIM OU PERCEBER QUE HÁ UMA PARTE BOA. GOSTO DE PENSAR QUE QUANTO MAIS JOGAREM SAL NA MINHA FERIDA, MAIS VOU ADOÇAR A VIDA DOS OUTROS. ESSA SOU EU, E QUERO MARCAR AS PESSOAS, NO FUTURO, PARA QUE PENSEM EM MIM COMO UMA PESSOA BOA. A VIDA É JUSTAMENTE SOBRE ISSO: PERSPECTIVA. ESPERO CONSEGUIR EDUCAR MAVI PARA QUE ELA SAIBA SEMPRE OLHAR PARA A VIDA PELA SUA MELHOR ÓTICA.

— Isso foi... intenso — Gabriel deixa escapar.

— Você se importa se eu ficar um pouco sozinha?

— Não! Espero você ali na frente, ok?

Gabriel se afasta e fico sentada, admirando a Torre. Respiro um pouco mais fundo e tento ignorar a vasta quantidade de pessoas ao meu redor. Preciso fazer isso. É tão estranho estar aqui sentindo a presença dela, mesmo que minha mãe já não esteja mais aqui fisicamente. Acho que pessoas que se fizeram especiais durante nossa jornada têm esse talento. São memoráveis, independentemente do tempo que tenham partido.

— Eu me recuso a olhar para o céu porque sei que você está em todos os lugares, mãe. — Solto para o ar, enxugando meu rosto, mas sei que não ficará seco por muito tempo. Não sei se sou capaz de controlar essa emoção. — Naquele dia, o dia do acidente, eu era jovem demais. Por muito tempo me culpei pela sua morte. Se eu não tivesse sido tão mimada e arrogante, se não tivesse insistido tanto para ir naquele aniversário, talvez você estivesse aqui, mãe.

Me debulho em soluços e respiro lentamente para tentar recuperar a calma. Olho ao redor e deve ter meia dúzia de pessoas sendo pedidas em casamento. É incrível o quanto a França inteira tem essa energia mágica de romance enquanto estou sentada ali, miserável, com uma maquiagem borrada.

— Agora tudo me parece tão óbvio que me pergunto como me martirizei por tanto tempo. Você jamais ia querer isso. Você queria ter tido a oportunidade de fazer meu pai ainda mais feliz, ter outro filho e abrir sua marca. — Sacudo a cabeça, espantando todas as memórias ruins que me vêm. — Estou tendo outra chance. Só preciso aceitá-la. Cresci ouvindo você falar que nada é por acaso e que a vida une propósitos. Talvez eu não possa ser como você, mas posso ser o que você sempre quis que eu fosse: feliz.

A vida é um verdadeiro livro de mistério no qual o autor nos surpreende. Não entendemos por que as coisas acontecem, mas no capítulo seguinte elas se encaixam e acabamos percebendo que nada é em vão e tudo tem uma finalidade. Por isso confio, entrego e acredito que estou cumprindo o meu propósito e que devo ser fiel a ele. Embora duvide dos caminhos e muitas vezes me irrite com a viagem, sigo apreciando o percurso. Uma hora meu destino será aproveitado e as perguntas serão solucionadas.

Uma vez ouvi que a relação que temos com os outros é um reflexo da forma como nos relacionamos com nós mesmos. E que droga de relação eu tinha comigo mesma. Mas não mais, e não por muito tempo.

## CAPÍTULO 23

— Tem certeza de que quer ligar pro seu pai agora? — Gabriel me pergunta enquanto andamos pelas ruas.

— Prefiro falar com ele logo para diminuir a expectativa — respondo, enquanto tento ligar mais uma vez. — E diminuir a briga que iremos ter.

— Pelo menos você vai poder participar do desfile.

— Isso se sua irmã me aceitar de volta, né? — Reluto com a vontade de rir, mas imagino que Gabriel saiba a irmã que tem.

— Isso você deixa comigo. — Ele dá um tapinha em meu ombro.

— Acho que agora ele vai atender.

Eu me posiciono para falar com meu pai e espero que ele esteja de bom humor. Quando eu era criança, sempre escolhia o dia em que meu pai chegava em casa feliz pela compra de mais ações para conseguir dar alguma notícia que eu achava que poderia chateá-lo. Era a tática perfeita. Ele ignorava os problemas e ficava vibrando apenas com a fortuna caindo na conta. Acho que hoje é um bom dia para falar, já que vi uma notícia no jornal brasileiro de que as ações do RL Shopping fecharam em alta.

— Oi, querida! — A voz dele está doce e aveludada e sua expressão na videochamada bem feliz, como imaginei.

— Pai, não vou voltar. Estive pensando e acho que vou ficar na França — digo, sem pensar muito. — Sinto muito e sei o quanto você quer que eu participe da gravidez do meu novo irmão, mas preciso pensar em mim. Estou feliz aqui. Fiz amigos. Vou participar de um concurso de moda, que é algo que sempre sonhei. Também tenho o campeonato de um grande amigo. Várias dessas coisas são minhas e, pela primeira vez na vida, sinto que estou realizando sonhos meus e não apenas coisas para chamar sua atenção.

— Victória... — ele me interrompe, mas continuo a falar.

— Sei o quanto é importante para você que eu esteja presente na gestação desse bebê, então, se quiserem, podem passar o Natal aqui em Paris junto com os Gregory.

Noto Denise atrás me olhando fixamente. Meu pai nunca a trouxe até aqui. Era como se ele traísse minha mãe. Denise parece triste toda vez que mencionamos Paris. Sei que não é ciúmes, nem inveja, apenas uma vontade de pertencer a algo que era intocável para ela tanto quanto para mim.

— Denise, você também será mais que bem-vinda — digo, sorrindo genuinamente.

— Filha, não sei se essa decisão é boa.

— Sim, é boa, pai. Acho mais do que justo passarmos esse Natal juntos e você poderá ver seus amigos. Além disso... — Respiro fundo. — Denise, vai ser muito legal poder fazer o enxoval desse bebê no mesmo local em que o meu foi feito.

Ela olha para mim, perplexa. Acho que desde que eles assumiram o namoro, essa foi a primeira vez que fui genuinamente legal com ela. Eu enxergava minha relação com Denise terminando em uma opção de duas tragédias: ou eu seria presa por assassinato, ou ela é quem seria presa pelo mesmo motivo, e eu não estaria mais aqui. Em nenhuma das teorias conspiratórias que criei sobre nós cogitei a possibilidade de virarmos amigas. Ok, talvez amizade seja uma palavra muito forte, mas agora pelo menos vamos nos respeitar.

Não é como se hoje eu tivesse acordado e pensado "maravilha, preciso ser boazinha", mas a vida me mostrou que simplesmente não vale a pena. Não vale a pena brigar com nosso destino nem muito menos tornar a vida de alguém mais difícil só para a nossa aparentar ser mais fácil. No final das contas, a melhor maneira de resolver uma situação é encarando-a. — Tudo bem então, filha. A gente fala sobre o Natal mais tarde.

— Obrigada, pai. A gente conversa, então. Tchau, Denise. Tchau, pai.

Sorrio com o nervosismo visível de Denise. É engraçado. Meu pai olha pra mim com o rosto reluzente. Sei o tanto que isso significa para ele, mas significa ainda mais para mim. Quero fazer as pazes com meu passado para viver tranquila meu presente e ser feliz no futuro. Desligo o telefone com o coração tranquilo.

— O que quer fazer antes de voltar pra Tours? — murmura Gabriel, pensando que eles ainda podem escutar.

— Sei que estamos na França, mas acho que eu iria amar comer uma pizza agora.

— Sabe algo muito bom a respeito dos franceses? — Olho para ele, esperando a resposta. — Eles conseguem elevar a culinária de todos os lugares. Vamos! Sei de um lugar perfeito.

Gabriel me puxa mais uma vez e corremos pelas ruas até dar de cara com o Louvre, que está supermovimentado. Ali ao lado entramos em um restaurante italiano que parece ser supertradicional. O cheiro de pizza predomina no ambiente e me deixa com fome. Nem parece que já fiz várias refeições hoje.

— Le Stresa é o melhor de Paris — ele diz solenemente. — Vamos pedir a *pizzeta al tartufo*.

— Pizza com trufas? — pergunto, rindo.

— Viu? Você já sabe até falar outro idioma.

O lugar é pequeno e parece bem cheio. Gabriel conversa com o chef e fala alguma coisa que não faço ideia do que seja. Mas só tem mais uma mesa vaga e não sei se demos toda essa sorte.

— Não tem mais lugar, vem alguém importante jantar aqui hoje. Mas por sorte o chef é amigo do meu pai. — Gabriel pisca para mim e me lança um sorriso torto que faz meu coração bater mais forte. — Então mais um ponto para o Gabriel aqui.

— Você é repleto de contatos! — digo a ele, rindo. — Gosto disso.

— O único problema é que vamos ter que comer na cozinha.

— Então não será um problema! — respondo, com simpatia. — Vamos jantar igual *A Dama e o Vagabundo*.

— Ei! Não sou vagabundo — discorda ele, com um ar de deboche.

Não conseguimos para de rir durante o jantar inteiro. A pizza, não dá pra negar, é uma das melhores que já comi. E acompanhar o preparo na cozinha torna a experiência ainda mais fascinante. As trufas laminadas com o queijo derretendo são deliciosas. É repetitivo ter que falar isso, mas come-se muito bem em Paris.

Surpreendentemente, eu e Gabriel temos uma conexão inexplicável. Quase não falta assunto, e, quando falta, nosso silêncio se preenche em uma generosa troca de olhares. Exorcizar dezesseis anos de falta masculina em um menino de quase dezessete anos é uma inadequação terrível, mas Gabriel tem preenchido bem o requisito de melhor amigo, conselheiro e ouvinte. Falamos sobre tudo, e na maior parte do tempo sinto que ele realmente escuta o que tenho a dizer. Lutei muito até então para ser ouvida, sempre precisei chamar a atenção ou fazer um grande malabarismo de dramas para ser compreendida. Com Gabriel, não. Parece que ele de fato sente vontade de saber mais do que tenho a falar e acho isso uma das coisas mais admiráveis em uma pessoa.

O mundo não merece Gabriel Gregory. Ele é incrível demais.

— Eu sou basicamente seu gênio da lâmpada na França — diz ele, e dou risada de seu comentário. — Sério, trouxe você para Paris, ajudei a fazer as pazes com seu pai e ainda te levei para comer os melhores pratos que existem na cidade.

— É, você realizou ótimos desejos. Merece um prêmio por isso! — Ele arregala os olhos e noto a tensão entre nós.

— Já ganhei meu prêmio. Você vai me assistir no campeonato — diz, enquanto seus olhos se iluminam. — Tem sido maravilhoso ter você por aqui.

Sinto uma fisgada no peito. Não quero ser emocionada. Tem muita coisa acontecendo na minha vida. Tem muita coisa acontecendo no dia de hoje. Sei que a vida de adolescente é uma montanha-russa de sentimentos, mas hoje consegui a proeza de fugir do internato, terminar um relacionamento, fazer as pazes com meu pai, decidir ficar na França e perdoar Denise. Não cabe acrescentar mais nada, minha agenda está lotada. Engulo uma risada de meus pensamentos.

— E então, será que posso pedir mais uma coisa? — digo, mudando de assunto para afastar a tensão que recaiu sobre nós.

— Seu desejo é uma ordem — diz ele, apertando minha mão e transmitindo uma onda de nervoso por meu corpo.

— Você poderia me apresentar a Taylor Swift. Ela está em Paris em turnê, sabia? — falo, rindo, tentando descontrair. — Infelizmente não consegui comprar ingressos, porque a loirinha é muito requisitada e eles acabaram em quinze minutos.

— Acho que esse desejo infelizmente não vou poder cumprir. — Gabriel dá de ombros, terminando a pizza. — Em qual era da Taylor você está?

— Eu poderia dizer que neste momento é Reputation, mas acho que já fui para a Lover. — Sorrio, cantarolando mentalmente "The Man" e me recordando do meu pai. — E você? Precisa passar no teste de qualidade. Qual é a sua era da Taylor Swift?

— Posso ser "Shake It Off"? — Ele me olha sorrindo e dou um tapinha em seu braço.

— Você não é *swiftie* de verdade! Estou desapontada — digo, com uma careta triste, e arranco um novo sorriso dele.

— Folklore — a voz dele abaixa um tom. — "Cardigan" me lembra você.

— Essa música é ótima... — Fico nervosa com o comentário e então o silêncio nos assombra de novo.

Depois que acabamos de jantar, ele se acerta com o chef, que não nos deixa pagar por nada e ainda nos oferece um tiramisu. Não cabe mais nada na minha barriga, então sou obrigada a recusar. Saímos do restaurante, que agora parece mais vazio. Gabriel me lança um olhar diferente, como se quisesse falar algo e estivesse disfarçando. Fico sem entender muito bem. Por um instante acho que ele se engasgou. Os olhos dele estão espantados, e a boca está vermelha.

— Você vai pirar! — sussurra ele. — Olha ali atrás. É a Taylor Swift!

Dou risada, pensando em quais seriam as probabilidades de a Taylor Swift ter vindo até a pizzaria em que nós viemos.

— Você é hilário! — falo, dando um soquinho em seu ombro.

Ele, sem dúvidas, tem imaginação, mas pelo menos me garante boas risadas.

— Não, Mavi, é sério. A Taylor está sentada na mesa ali do canto.

Estremeço quando percebo que o tom dele é sério. Sério o suficiente para me fazer procurar. Meu olhar percorre o salão do restaurante até perceber que ninguém mais, ninguém menos do que Taylor Swift está ali. Meu corpo se sobressalta quando percebo. O cabelo loiro impecável, a pele sedosa e a roupa... parece mesmo. Não acredito que ela está aqui no mesmo lugar que eu, jantando a mesma refeição que eu.

— Preciso ir até lá — falo, tímida, e vou até a mesa.

O restaurante não é muito iluminado, então fica difícil identificar. Vou até o mais perto que consigo chegar, meu coração batendo num ritmo louco, mas, quando chego ao lado da mesa, percebo que não é Taylor. Na verdade, a moça até se parece com ela e com certeza já passou por essa situação outras vezes, porque ela e o namorado já começam a rir. Também dou uma risada enquanto corro de volta para a entrada. Gabriel está parado na porta, roxo de tanto rir.

— Em minha defesa, por trinta segundos, eu acreditei mesmo que fosse ela — continua ele, gargalhando até sairmos do restaurante.

— Não sei se acredito em você! — digo, relutando para controlar meu sorriso.

— Teria sido perfeito se fosse. Me perdoa! — A respiração dele fica mais lenta. — No fim, sua noite em Paris foi quase perfeita.

Começo a cantarolar a música "Paris", da Taylor Swift, enquanto continuamos andando pelas lindas luzes da cidade. Gabriel pega na minha mão e começamos a valsar quando somos surpreendidos pela paisagem de tirar o fôlego.

*Like we were in Paris*
*Like we were somewhere else*
*Like we were in Paris, oh*
*We were somewhere else*[1]

Gabriel começa a me acompanhar e pega o ritmo da música e da dança. Seus olhos se estreitam, olhando fixamente para mim. Meu pescoço se arrepia inteiro. Ele passa a mão pela minha cintura e faz minha pulsação acelerar. A vontade de ficar com ele cresce dentro de mim.

— Ok, já chega — digo, recuperando minha sanidade. — Precisamos pegar o trem e voltar para Tours antes que percebam que não estamos doentes e que fugimos do colégio.

— Ainda temos duas horas até nosso trem partir — diz ele, lambendo os lábios e me encarando mais uma vez. — Você já está encrencada. Acho que cometer mais uma bobagem não é tanto problema.

Penso na proposta, tentando analisar racionalmente todas as consequências. Não sei o que se passa pela minha cabeça, mas a essa altura do campeonato já perdi todo e qualquer juízo. Prefiro não pensar tanto. Em vez de lutar contra meu desejo, eu me

---

[1] SWIFT, Taylor. Paris. *In*: SWIFT, Taylor. *Midnights*. Universal Republic Records, 2022. Faixa 16. CD.

permito sentir. Sentir que finalmente as coisas estão se encaixando. E eu estou me apaixonando em Paris.

— Seria bobagem te beijar? — pergunto, de forma maliciosa.

— Eu acho que seria vantajoso. Não prometo que vamos nos casar, mas pelo menos você vai ter beijado alguém nos Jardins du Trocadéro.

— Estamos nos Jardins?

— Olhe em volta.

Deve ser humanamente impossível ficar mais corada do que estou agora. Minha vida é digna de um filme no qual a protagonista está vivendo o ápice e todas as pessoas que assistem estão, neste momento, torcendo pelo primeiro beijo do casal principal. E eu, que amo comédias românticas, não quero decepcionar ninguém.

Gabriel me envolve em seus braços. O calor do toque dele me aquece nesse dia frio. Nossas mãos estão dadas e meu nariz encosta no dele até nos beijarmos lentamente. O beijo molhado e cheio de desejo faz meus hormônios de adolescente se incendiarem. Então ele beija meu pescoço e o calor da respiração dele me causa arrepios. Com o coração acelerado, olho para ele, e sua boca é gentil, mas faminta. Mal terminamos de nos beijar e já iniciamos outro beijo.

A sensação é como se eu nunca tivesse sentido isso antes. Me sinto segura ao seu lado, algo que não sentia há muitos anos. Ele passa os lábios pelos meus novamente e eu tomo fôlego para encerrar.

— Precisamos voltar — digo, quase implorando para que ele não pare.

— Tudo bem — responde ele, fazendo biquinho de um jeito fofo. — O que me conforta é saber que até o Natal, você é minha.

— Será que sua irmã vai me odiar ainda mais agora?

— Talvez.

## CAPÍTULO 24

*Triiim.*

O celular vibra e desperto do meu sono dentro do vagão de trem. O celular de Gabriel também toca. Faltam menos de quinze minutos para chegarmos em Tours. Vejo a mensagem e na verdade é um e-mail da coordenação.

> Queridos alunos,
>
> Pedimos que todos os alunos do ensino médio, do primeiro ao terceiro ano, compareçam amanhã, pela manhã, no auditório antes do início das aulas. Teremos uma reunião de emergência.
>
> Agradecemos a compreensão de todos.
>
> Equipe de Coordenação
> Sainte École

— Você também recebeu esse e-mail? — murmuro, ainda sonolenta.

— Sim, mas não deve ser nada de mais, fique tranquila. Convocaram todos os alunos, não apenas nós dois. Se tivessem descoberto alguma coisa, Louise teria me ligado.

Concordo com a cabeça. Talvez, em outras circunstâncias, eu ficasse mais preocupada, mas hoje não. Não quero deixar esse e-mail estragar o dia maravilhoso que tive. Olho para Gabriel e ele pousa um beijo em minha testa.

Chegamos na estação e percorremos todo o caminho até a École, pulando a grade, estragando as peônias e correndo o risco de sermos pegos. Já estou tão familiarizada com o percurso que dessa vez fazemos mais rápido. Quando paramos em frente ao portão que divide os blocos de meninas e meninos, Gabriel se despede de mim com um beijo caloroso e volto para o meu dormitório com um sorriso largo que não esconde minha felicidade.

Abro a porta do quarto e encontro Louise sentada no chão examinando alguns tecidos. Ela vira o corpo para mim e me sinto incapaz de falar qualquer coisa. Eu me sinto anestesiada. Ela, então, vai direto ao ponto sem que eu precise falar nada.

— Você e meu irmão se beijaram.

— Quê? — falo, soltando uma risada nervosa.

Então ela se levanta rapidamente, vai até mim, me encara mais uma vez e fico sem jeito. Detesto ser tão transparente assim. Sou a típica pessoa que não sabe omitir sentimentos. Sou um prato cheio de emoções. Intensa demais, emocionada demais, sentimental demais. Detesto quem não é fiel ao que sente, mas eu também não precisava deixar tão estampado.

— Desembucha e me conta logo — diz Louise, tentando mascarar o tom de indagação e raiva de uma forma um pouco mais delicada, mas soando ainda mais ríspida, o que me deixa assustada.

— A boa notícia é que não vou mais embora e podemos participar do desfile juntas — digo, pisando em ovos.

— E a má notícia é que você beijou meu irmão? — exige ela, me fuzilando com o olhar.

— É... — digo, engolindo o amargor que sobe por minha garganta.

— Então temos duas ótimas notícias! — Louise me abraça, de supetão. Fico imóvel, em choque. Como assim? Ela me odiava até um segundo atrás. — Eu sabia que era melhor não ter ido para essa viagem. Apesar de estar com muita raiva de você, agora não estou mais. Mas eu sabia, vocês têm tudo a ver.

— Você disse uma vez que nós nunca iríamos acontecer — bufo, me lembrando do comentário.

— Psicologia reversa! — esnoba ela. — E funcionou, olha só.

Louise comemora enquanto rodopia pelo quarto. Tenho dúvidas sobre qual das duas novidades a deixou mais feliz. Ela começa a fazer uma série de perguntas sobre como, quando e onde foi nosso beijo e eu descrevo com detalhes íntimos, me esquecendo até um pouco de que os dois são irmãos. Animada, Louise escuta tudo com ouvidos atentos como se eu narrasse a história da próxima temporada de *Emily em Paris*.

— Ah, o Gabriel é tão fofo! — Ela se deita no chão e estreita os olhos, pensando. — Imagina se vocês namorassem e virássemos cunhadas.

— E depois podemos abrir uma marca de roupas juntas! — assinto, feliz. — Mas fiquei com medo daquele e-mail que recebemos. Você também recebeu?

— Sim — diz Louise, transparecendo medo. — Acho que aconteceu algo grave, mas não acho que seja alguma coisa que vá nos prejudicar. Aliás, precisamos começar a pensar na nossa estratégia para vencermos esse concurso.

— Você soube de algo? — pergunto, desconfiada.

— Ok, não vou mentir, fuxiquei os desenhos da Dominique — confessa ela, olhando para o chão.

— Louise! — eu a repreendo. — Temos que vencer por mérito, e não trapaceando.

Ela bufa, exausta. Sei que estou certa. Por outro lado, não sei como disfarçar que também estou doida para saber o que Dominique tem planejado.

— Tá, mas já que você já sabe, agora me conta — digo, vencida.

— Eu sabia que você ia querer saber — solta ela com um sorriso, puxando alguns croquis e me mostrando os desenhos. — Dominique vai seguir uma linha clássica.

— Depois de me fazer engolir essa minissaia plissada, ela decide ser clássica?

— Sim! Acho que ela beira a loucura entre ser Chanel e Balenciaga ao mesmo tempo — troveja Louise. — Mas agora fiquei ligeiramente preocupada... essa doida é francesa. Imagina se ela decide enfiar um *tweed* maravilhoso em alguma peça? Todos vão acabar gostando mais dela. Até a banca de júri da diretoria. Vamos perder de lavada.

— Ei, calma! — falo, mantendo a paciência. — Ela pode ser a Coco Chanel, mas você impressiona mais do que ela, lembra? Você é nossa Schiaparelli cheia de talento e ideias revolucionárias. E assim como a Schiaparelli, seu retorno triunfal será agora. Vamos brilhar.

— Tem certeza? — diz Louise, abaixando o olhar e demonstrando medo. — Tenho medo de fracassar mais uma vez.

— Só fracassa quem não tenta. Se ao menos você tentar, já vai mostrar o seu potencial. Não pode impedir as pessoas de verem seu talento, Louise. Não pode — digo, mais firme. — Sempre tem alguém disposto a ver o que temos para mostrar. Então mostre.

Você prefere ter sucesso ou só viver satisfeita? Eu prefiro o sucesso. Sei que, para que sejamos felizes, talvez passemos por momentos de insatisfação. Talvez pensemos que não somos boas o suficiente. Talvez achemos que as coisas estão demorando a acontecer, e talvez até pensemos que fizemos a escolha errada. Mas a verdade é que somos exigentes demais, e é essa mesma exigência e desconforto que estou sentido agora que vão me fazer chegar aonde quero chegar.

Houve momentos em que tive vergonha de fazer algo por reprovação dos outros, mas não mais. Depois que percebi que as pessoas não ligam para nós e que somos completamente insignificantes para os outros, entendi que só precisamos dar o primeiro passo. Não precisamos esperar estar prontos, pois isso é uma mentira. Nunca estaremos prontos para nada. O "estar pronto" que muitas pessoas fantasiam nada mais é que nossa defesa para não fracassar. Sentimos medo. Sentir medo é mais que normal, mas permitir que ele nos paralise é um atestado de fracasso.

Não há maneira fácil de se jogar, tem que pular de cabeça. Pode ser que você esteja caindo em um mar ou em um chão duro de concreto. Não tem como saber. Mas só quem prova da adrenalina é capaz de desfrutar da vitória. O que eu mais ouço sobre pessoas que se arriscam é que elas não se arrependem de terem tentado. Na verdade, isso é um consenso geral. Se arriscar, para mim, é a única alternativa para a felicidade.

— Será que esses franceses estão preparados para algo assim que nem eu? — diz ela, apontando para alguns papéis com as ideias que teve.

— Se faremos a escolha correta? Se iremos acertar? Isso não vai dar pra saber — digo, enquanto folheio todos os croquis que ela me mostra. — Toda escolha que você fizer vai te tirar algo. A vida é literalmente isso. Se escolher ir para a esquerda, nunca vai saber o que aconteceria se fosse pela direita. E isso sempre vai te atormentar. Mas no final das contas a sua decisão não é sobre o que ficou para trás, mas sobre o que vai acontecer no futuro. E, sinceramente, o que te espera sempre vai ser muito melhor do que o que passou. Então não troque o que você acredita que é o certo pelo que você acha que vai agradar.

— Mas eu preciso agradar! — insiste ela.

— Agradar os outros para desagradar a si mesma é o maior atestado de infelicidade que você pode conseguir. Nem tudo é sobre vencer, às vezes é mais sobre se esforçar.

Louise sorri e parece mais animada depois do meu discurso. Vejo que finalmente consegui trazer um pouco de confiança para minha amiga. Esse momento chegou e a hora é de ela mostrar que pode e que vai conseguir vencer.

Me sinto aliviada e, para ser sincera, honrada. Louise tem dificuldade em acreditar nas pessoas. Não que eu não tenha. Fui jogada em outro país sem um colete salva-vidas e ela foi a primeira pessoa que conheci. Me esforcei por essa amizade em meio ao desespero. Depositei nela a esperança do recomeço.

No fim, acho que o recomeço foi para nós duas.

## CAPÍTULO 25

Um estouro ecoa alto pelos corredores e todo mundo tampa os ouvidos. Então os alto-falantes começam a funcionar e a diretora libera a entrada de todos os alunos no auditório. Olho ao meu redor e só vejo rostos apreensivos. Pelo menos não sou a única com medo. Louise olha pra mim com uma cara de quem diz "ferrou". Tenho a mesma sensação, mas nem sei por qual motivo estamos ferradas.

A multidão de alunos se forma na frente do auditório e um empurra-empurra começa para entrar logo. Gritinhos e burburinhos se tornam cada vez mais altos.

— Algum motivo para a diretora ter chamado todos os alunos para o auditório sem ser para anunciar mais uma greve? — cochicha João enquanto se vira para olhar ao redor.

Estamos todos sentados em uma fileira, na nossa frente estão vários outros alunos de todos os anos. Ontem, depois do e-mail pedindo que os alunos fossem antes da aula para o auditório, até cogitei que seria algo relacionado a minha fuga para Paris, mas me tranquilizei depois de ver que até Aimée foi convocada. Aimée nunca fez nada de errado.

Sei que Louise está tensa pela forma como segura o banco com força e estala os dedos a todo instante. Desde que nos inscrevemos no desfile ela tem se comportado com maestria, tudo para conquistar o coração da diretora. Sim, além de tudo, minha amiga é uma política nata.

Olho de relance para Gabriel e a diferença entre os dois é nítida. Ele nem parece se importar com o que está acontecendo a seu redor. Um sorrisinho automático surge em meu rosto quando ele pisca para mim cantarolando a música da Taylor Swift.

— Tô ficando assustada — comenta Louise enquanto abre um chocolate. — Minha pressão vai cair.

— Não vai ser nada — devolve Gabriel, e aparenta ser o único relaxado. — Isso tá com cara de troca de direção ou coisa do tipo.

— Chega pro lado — ordena Dominique, sentando-se próxima a nós.

No segundo em que ela termina a frase, a diretora, Margareth, aparece ao lado de Charles e mais dois professores. O semblante dela não é dos melhores, e o de Charles tampouco. Antes dela começar a falar o motivo que nos chamou até ali, as luzes se apagam e um vídeo começa a rodar na tela.

— Não pode ser. — Louise derruba o chocolate no chão.

— Socorro — falo, angustiada.

— A casa caiu — diz Gabriel, encarando a tela assustado.

— Nossa — Francisco se limita a dizer.

João fica imóvel e todos os alunos de todos os anos parecem ficar no mesmo estado que nós.

É a página do Spotted Sainte École. Claro que em algum momento os professores e até mesmo a diretora iriam encontrar a página em questão. Mas o problema é terem não apenas encontrado, mas analisado todas as postagens. Não há um aluno que escape disso.

— Como podem ver, descobrimos o segredo de vocês — diz a diretora, soltando uma risada um tanto quanto maléfica que me causa um arrepio. — Claro que o que vocês fazem fora da dependência do colégio não é interesse nosso. Mas, pelo que percebi, muitas coisas aconteceram aqui.

Meu vídeo e o de Louise pulando a grade do colégio gera risada em alguns alunos e faz com que até Charles sorria discretamente.

Então o próximo vídeo é o de João indo para o bloco feminino às duas da manhã. Mais um vídeo passa até chegar ao de Francisco fumando entre um dos treinos de tênis. E quando pensei que estávamos na pior, um vídeo de Dominique praticando bullying com outra menina também ecoa pelas paredes.

— Não vai restar uma pessoa inocente nessa história — fala João, com urgência. — Acho que vou vomitar.

Depois de mais de trinta vídeos, achei que tudo já tivesse sido denunciado, mas pelo visto a diretora achou interessante me dar um repeteco e mostrar a última vez que apareci no perfil.

— São vocês dois? — pergunta Francisco, direcionando-se a mim e a Gabriel.

— Sim... — digo, envergonhada.

— Pra onde vocês fugiram de madrugada? — pergunta João, com malícia.

— Paris — Gabriel se limita a dizer.

— Calma, não dá pra perceber que são vocês — Louise tenta me tranquilizar.

De todos os vídeos que passaram no telão, sem dúvidas os meus foram os piores. Em primeiro lugar porque pulei uma grade, destruindo o jardim da diretora. Em segundo, porque novamente pulei uma grade com uma mochila fugindo da escola. Se tem alguém ferrada nessa história, esse alguém sou eu.

— Então, queridos alunos, agora que vocês já sabem que estou ciente desse perfil, podem saber que farei uma reunião com cada um de vocês para decidir qual será a punição por tantos erros — diz ela, triunfante, e faço uma careta ao ouvir seu comentário. — Espero vocês em fila na porta da minha sala.

A última fala dela é tão gentil que mais me parece um convite do que uma ameaça.

Ela desaparece pela penumbra, deixando todos assustados. Acho que o conselho de classe de hoje foi um dos mais assustadores de que já participei em toda a minha vida escolar.

## CAPÍTULO 26

ão pode ser.
Não.
Não.
*Nãããão!*

Sinto vontade de gritar o mais alto que consigo, mas não sei se é a melhor decisão a ser tomada depois de ter passado algumas horas na sala com a diretora. É terrível. É como se tivessem tirado de mim o melhor que construí até agora.

É tão frustrante dedicar todo o seu tempo a algo que não vai acontecer. Saio irritada, batendo a porta. Louise está parada na frente da sala, e é provável que seja a próxima a ser chamada. Atrás dela estão João, Francisco e Dominique. Gabriel acabou de entrar. Todos os alunos da escola já apareceram naquele perfil. Algumas coisas que estão por lá já aconteceram há mais de um ano.

— Acho que depois de muito tempo que o fato aconteceu, você devia ser só absolvido — diz Francisco, o que me tira uma boa risada.

Neste segundo, Gabriel sai da sala com os olhos inchados, como se tivesse chorado muito. Está olhando para baixo e com os ombros relaxados. Todos o encaramos esperando que ele fale algo, mas ele continua em silêncio.

— Isso aí tá pior que delegacia — comenta Louise, antes de entrar logo atrás dele. — Me desejem sorte.

— Sorte! — falamos todos.

Não consigo achar que alguém teve uma punição maior que a minha. Enquanto Gabriel se senta, branco, continuamos encarando o chão.

Achei a diretora completamente irresponsável. Eu só destruí meia dúzia de flores e fugi para passar um dia em Paris. Não é grande coisa.

— Qual foi a sua punição? — pergunta João com a voz trêmula.

— Não vou poder participar do desfile — confesso, triste.

Respiro fundo, meu coração dispara. Não queria ter que desapontar Louise pela segunda vez. Dominique parece entender o que aconteceu, porque começa a rir diante da minha decepção.

— Que foi? — pergunta Francisco, assustado. — Se você não vai poder participar disso, quer dizer que...

Gabriel fica em pé novamente, e Francisco interrompe a própria linha de pensamento. Quando olha de novo para a cara dele, ele faz que não com a cabeça em direção ao amigo.

Francisco solta alguns palavrões em outra língua. Acredito que seja francês, porque até Dominique presta atenção. Passo a mão no rosto, irritada, esperando que ele fale algo, mas ele continua imóvel. Sinto a culpa penetrar meu corpo antes mesmo de ele abrir a boca. Não me aguento, então quebro o silêncio.

— O que ela falou?

Depois de alguns segundos, Gabriel responde finalmente:

— Fui suspenso da competição.

— Ah, não, cara! — grita João, chutando a lata de lixo, e rapidamente Charles o encara. — Já tô na merda mesmo.

— João, quieto! — digo, repreendendo-o.

— Você não vai mesmo participar? — pergunta Francisco mais uma vez, e Gabriel concorda com a cabeça. — Sinto muito, cara.

— A culpa é minha... me desculpa — digo, e saio correndo da coordenação, me debulhando em lágrimas.

A multidão de alunos atrapalha meu caminho e quase caio. Sinto meu rosto congelar. O outono está começando oficialmente hoje e o clima já está bem frio. Gabriel me segue durante todo o percurso, então acelero o passo. Não quero olhar para ele. Estou tão envergonhada... ter destruído meu sonho, tudo bem, mas destruir o de Gabriel já é demais.

— Para de me seguir! — falo, enquanto continuo andando.

Para o meu azar, Gabriel é mais rápido que eu e muito insistente também.

— Me escuta, quero falar com você! — Ele acelera até parar na minha frente — Qual foi a sua punição?

— Não vou participar do desfile — digo, parando de andar.

— Eu sinto muito, Mavi! — diz ele, segurando minha mão e a apertando com força. — Sei o quanto você sonhou com isso.

Solto um gemido de tristeza. Que infelicidade a minha. Primeiro desisto de participar, depois volto atrás. E quando realmente quero, sou impedida. Respiro fundo e reúno coragem para falar sobre o assunto.

Então, sento em um dos degraus da escada que tem uma ligação com o jardim de peônias que eu assassinei no primeiro dia. Quem diria que essas flores que eu tanto amava iriam me custar tanto? Nunca mais quero ser pedida em casamento com elas.

— Eu sou um desastre ambulante. Só precisava respeitar os limites, como sempre, e não fazer tudo de qualquer jeito — falo, exasperada. — Ter feito você sair e fugir comigo para Paris? Foi patético. Agora Louise vai ficar sozinha nessa e não vou poder ajudar. E ainda por cima, você não vai participar do campeonato. Meu Deus, seus pais vão me matar — completo, afobada. Desço o rosto nas mãos. — Você acha que seus pais vão me matar?

— Claro que não, você está sendo dramática — diz ele, rindo, e só então percebo que ainda estamos de mãos dadas. — E eu não me arrependo de ter vivido tudo aquilo com você em Paris, Mavi. Viveria tudo de novo se fosse possível. Foi importante para você e foi importante pra mim também — diz ele, convicto. — A competição vai acontecer de novo no ano que vem e está tudo bem.

— Tem certeza? — pergunto, entre soluços.

— A gente tem só dezesseis anos, não precisamos ter a vida resolvida agora. Ainda vamos perder e ganhar muitas chances e oportunidades.

— Como você consegue estar tão calmo? — digo, um pouco mais entusiasmada.

— Pra ser bem honesto, já chorei toda a minha cota na sala da diretora — diz ele, olhando para mim para ver como eu reagiria àquilo, e segue falando. — A verdade é que a nossa vida não vai ser definida por uma prova, nem por um campeonato, nem por um desfile. Todo dia é um novo dia — fala ele, me abraçando, e me sinto tranquila de novo.

— Obrigada por ser você — digo, me aconchegando entre seus ombros.

— Sabia que esse é o melhor elogio que existe?

— É? Por quê? — pergunto, sem entender muito bem.

— Quando agradecemos alguém por ser exatamente como é, isso significa que amamos a pessoa da forma que ela se mostra de verdade. E não existe nada mais genuíno do que isso — reforça ele, olhando fundo nos meus olhos.

Sorrio para ele, emocionada. Conviver com Gabriel é um dos melhores presentes que já recebi.

Na minha opinião, o melhor que podemos fazer é exatamente gostar de alguém pela forma que essa pessoa consegue ser. Amar as qualidades é fácil, difícil mesmo é conseguir ver beleza até nos defeitos. E qualquer relacionamento exige isso. Quando aprendemos a amar alguém de verdade (e algumas pessoas possivelmente teremos que aprender a amar), aceitamos o desafio que é o amor.

O amor é, sobretudo, para as pessoas dispostas. Pessoas capazes de amar independentemente de qualquer coisa ou que conseguem viver com a melhor parte do amor. O amor nem sempre será fácil. Engana-se quem pensa que é. O amor verdadeiro é aquele que é construído e que, ao tomar forma, torna-se inabalável.

Pra ser sincera, hoje percebo que minha terapeuta sempre esteve certa. Eu não amava Miguel. O que eu sentia por ele era um misto de ansiedade e dependência emocional. Nunca tive uma figura masculina ao meu lado. Depositei em Miguel a expectativa de alguém para "cuidar de mim", buscando nele a validação que eu não tinha.

Com Gabriel é completamente diferente. Eu não busco agradá-lo a todo custo. Posso ser minha versão errada, boba e dramática. Ainda assim, ele gosta dessa confusão que é ser eu.

Ele me beija carinhosamente e me deixa sem jeito, mas não consigo parar.

— Se continuarmos aprontando, acho que vamos ser expulsos — digo, finalizando o beijo e roçando meus lábios nos dele.

— Tem razão, não estamos podendo cometer muitos erros. — Ele se afasta um pouco, deixando um espaço entre nós. — E não participar do desfile não significa que você não vai ajudar.

— O que quer dizer com isso?

— Ué, você vai poder fazer tudo. Só porque seu nome não vai aparecer, isso não significa nada.

Fico olhando para Gabriel, que mostra uma malícia no olhar. Ele tem razão. Posso cocriar independentemente de participar ou não oficialmente. Mas e Louise? Será que vai dar conta da pressão? E quem será que me substituiria na nossa chapa? Só são permitidas chapas de três integrantes para o concurso, e, já que fui suspensa, não sei quem poderá fazer parte disso.

Em meio ao caos e desespero, minha amiga aparece com o semblante sereno. Suponho que a punição dela não tenha sido tão grande quanto a minha ou de Gabriel. Ela se junta a nós, sentando-se no meio, faz um longo suspense e prossegue.

— Ok, a diretora me falou que você foi proibida de participar do concurso — diz, sua voz parecendo ansiosa. Faz uma pausa. — Precisamos de um plano alternativo urgentemente.

— Vamos perder antes mesmo de participar — falo, praticamente vencida.

— Sem desânimo, falta muito pouco — exclama Gabriel com esperança.

Não sei de onde ele tira tanta força. Deve ser coisa de atleta.

— Falta pouco e não temos uma terceira integrante na chapa, e muito menos uma ideia. Estamos ferradas — argumenta Louise, fungando e tentando conter o próprio choro enquanto esfrego meus olhos, que ficam marejados.

— Parem com isso! — Gabriel levanta-se rapidamente, ficando de frente para nós.

— Só estou sendo realista — retruco.

A realidade tem sido uma das coisas mais difíceis de lidar nos últimos tempos. Meu hábito de ser controladora tem ido por água abaixo com tamanhas mudanças. Acho que agora minha nova tática vai ser apenas seguir o fluxo e aceitar. Aceitar que não posso dar conta e que, infelizmente, podemos criar planos, mas nem sempre teremos a possibilidade de executá-los da forma que queríamos.

— Gabriel, olha pra gente — diz Louise, apontando para nós mesmas. — Estamos falando da amiga antissocial que tem dificuldade de fazer amizades e da amiga com cara de antipática com quem as pessoas têm medo de socializar.

— Quem é quem? — pergunto, intrigada.

— Faça sua aposta — brinca ela, e por um momento consigo rir daquela bobagem.

— Certo, mas aqui estamos falando do amigo que não vai mais participar da competição de tênis e pode ser o substituto.

Gabriel dá um sorriso largo, com um ar de sabichão.

— O quê? — Tenho um sobressalto ao me dar conta de que ele pode se inscrever no meu lugar.

— Ela falou que estou impedido de jogar *tênis*, mas não de outras atividades do colégio.

— Gênio! Gênio! — repete Louise. — Nem tudo está perdido.

— Nada está perdido! Eu me inscrevo e vocês ganham — fala Gabriel, sem pestanejar. — E se me ensinarem algo, até tento costurar.

Dou um sorriso bobo com aquela declaração. Gabriel é tão prático, e ao mesmo tempo sensível. Não se permite ser vencido por nada e tampouco deixa alguém desistir de sonhar. Ele se satisfaz somente quando encontra uma solução, e isso é o que mais gosto nele.

Fico o observando cuidar da irmã, celebrar a felicidade dela, e isso aquece meu coração. Convivi tanto tempo com pessoas que só priorizam elas mesmas que por muito tempo me questionei se existia alguém como ele. Alguém que não se preocupa em apenas subir no pedestal, mas faz do pedestal uma escada para que outros também consigam chegar lá.

É, ele faz mais do que fazer meu coração dar cambalhotas ou meu corpo suar com sua presença. Ele faz meus olhos brilharem. Admirar uma pessoa é a forma mais bonita de amar.

## CAPÍTULO 27

Gabriel tem a aptidão para a moda de uma criança de dois anos aprendendo a segurar um lápis. Na verdade, ele segura a fita métrica enquanto tiramos as medidas de alguns alunos que vão servir de modelo para o desfile. Peço que meça o quadril e a cintura e, por mais fácil que isso pareça ser, ele consegue errar, e preciso conferir algumas vezes. Já perdi a cabeça outras centenas de vezes, mas Gabriel se mostra tão disposto que contenho a falta de paciência e acho seu jeito estranho de ajudar muito fofo, mesmo que às vezes atrapalhe mais do que ajude.

Já Louise não consegue aceitar isso de forma amável e já deu alguns chiliques, brigando com o irmão. Para evitar que tenhamos um episódio de Casos de Família em pleno internato, comecei a prestar mais atenção no trabalho dele e, claro, aproveito para tirar uma casquinha e ficar mais perto dele.

— Preciso conferir esse também ou posso acreditar que não teremos o tamanho XGG quando na verdade a modelo veste PP? — pergunto, segurando o riso.

— Depois do sétimo erro, juro que aprendi. Eu estava usando a medida em metros em vez de centímetros. Mas já peguei a manha da coisa, linda — fala ele, com uma afronta sincera.

Mas minha cabeça só consegue se prender ao "linda".

Nos últimos dias, com a aproximação do desfile e com a suspensão de Gabriel dos treinos, temos convivido com muita frequência e as coisas acabaram ficando um pouco intensas demais. Vez ou outra tento colocar o pé no freio e me segurar para não acontecer o mesmo que da última vez, mas é impossível. Tentar não se apaixonar é igual prometer que não vai sair de uma dieta restritiva. Você segue o início fielmente. Depois a abstinência acontece e você se delicia com donuts, pizza, hambúrguer. Tudo por não comer de forma adequada. A diferença é que os beijos e carinhos do Gabriel são melhores do que qualquer fast-food ao redor do mundo.

— Não sei se gosto disso, o que você acha? — Louise me mostra a peça piloto do moletom que estamos fazendo.

— Isso está irado — fala Francisco, enquanto ajuda a pregar uns botões.

— Pra mim está ótimo — digo, concordando.

— Não entendo dessas coisas, mas eu usaria esse uniforme — afirma João.

— Falem em inglês ou francês, não sou obrigada a entender o que estão falando — exclama Aimée.

Acho que ela tem aprendido algumas palavras e daqui a pouco se tornará fluente. Até porque João e ela andam flertando abertamente. Inclusive, nos últimos dias, ela me perguntou o que significava "cala a boca e me beija". Precisei mostrar um vídeo da Hailey Bieber em um programa de TV para que ela entendesse, o que a deixou vermelha como um pimentão.

— Não sei, acho que ainda não está do jeito que eu quero. Falta glamour — resmunga Louise em inglês para que Aimée também entenda enquanto costura pela décima vez o mesmo retalho.

— Que tal a Mavi procurar alguma coisa no tarô da mãe dela? — brinca João, e solto uma risada.

— Não é um tarô, é o diário dela — falo, ainda rindo. — Mas realmente, às vezes o diário mostra algumas mensagens que parecem precisas até demais.

— Abre o tarô da sua mãe agora — responde Aimée.

Vou até a minha mochila pegar o diário. Folheio algumas páginas sem muita ordem. Paro em qualquer uma e vejo qual é o local que ele mostra, lendo sem muita intenção.

O local em questão é o Arco de Triunfo. Ainda não tinha lido a mensagem desse monumento e fico feliz ao perceber que é importante. Espero que solucione nosso problema. Ou que ao menos traga um pouco de paz para o coração da Louise.

Dou uma pigarreada antes de começar, todos prestam atenção em mim, voltando o corpo e o olhar na minha direção. Preciso de concentração para fazer a tradução simultânea para que Aimée consiga entender e participar.

> O ARCO DO TRIUNFO É UM MONUMENTO HISTÓRICO QUE SIGNIFICA MUITO MAIS DO QUE FOTOS BONITAS OU PONTO TURÍSTICO. EM GUERRAS OU LUTAS IMPORTANTES, QUANDO O PAÍS VENCIA, O EXÉRCITO PASSAVA POR DEBAIXO DELE COM A BANDEIRA ERGUIDA COMO FORMA DE ATO HEROICO. O GLAMOUR DO LOCAL TAMBÉM JÁ FOI PALCO DE MUITO SANGUE E DORES PARA QUEM PERDIA, SE FORMOS PARAR PARA PENSAR. A VERDADE É QUE O ATO DE CORAGEM DE PARTICIPAR É MUITO MAIS LOUVÁVEL QUE A CERTEZA OU A PROMESSA DE QUE SE GANHARÁ. POR ISSO PREFIRO OLHAR O ARCO DO TRIUNFO PARA ALÉM DO CARTÃO-POSTAL E MAIS COMO UM CENÁRIO A SE ADMIRAR PELO SIGNIFICADO.

— Ok, agora tô achando que a gente vai perder. — Aimée solta um suspiro trêmulo.

— Tia Lala já mandou um consolo para nós, que maravilha. — Louise se senta e seus ombros desmoronam. — Que péssima ideia tirar tarô agora.

— Vocês estão reagindo de forma muito desesperada — digo, repreendendo-os. — O texto fala exatamente sobre admirarmos o nosso processo. Não sabemos se vamos ganhar, mas sabemos que devemos agradecer ao universo e olhar com carinho para o que estamos fazendo. Foi o que mamãe quis dizer. Ela nunca erra — digo, forçando as palavras como se fosse um político em meio a uma campanha eleitoral.

— Definitivamente Mavi e Gabriel estão namorando. Ela já pegou até a autoconfiança dele por osmose ou por saliva — fala Francisco, e todos nós começamos a rir sem parar.

Nossos amigos voltam ao trabalho e Gabriel vem até mim com os olhos brilhando e um sorriso carinhoso. Às vezes eu esqueço o quanto ele é bonito. Seu quase um metro e noventa e cabelos cacheados loiros como um anjo viram meros acessórios perto da personalidade dele, que é tão honesta e gentil. O jeito como me trata, a maneira como me encara e a forma como me ensina a ser mais leve tem me ganhado dia após dia.

— Acho que você está pegando um pouco do meu jeito mesmo, gostei — murmura ele enquanto pressiona os lábios nos meus.

— A convivência faz isso. Aliás, o que *você* tem aprendido *comigo*?

— Costurar, medir o quadril e pregar botões — brinca ele, incapaz de falar sério.

Eu me afasto dele em forma de protesto. Adoro esse menino. Adoro seu humor e a forma encantadora como ele me deixa confortável e tranquila.

— Só isso? — faço beicinho, implorando.

— Aprendi a ter força e resiliência.

— Como assim? — Eu o encaro sem entender muito bem.

— Você é uma das pessoas mais fortes que eu conheço.

— Não me acho forte — respondo, e estou sendo honesta.

Ele levanta a cabeça e vejo seus olhos atordoados.

— Como não, Mavi? Resiliência não é sobre concordar com tudo de ruim que acontece na vida, mas se adaptar às ocasiões ruins que acabam acontecendo — fala ele, apontando para mim e transmitindo confiança. — Você é a pessoa que faz isso com maestria. Foi por isso que lidei tão bem com a suspensão dos jogos.

É difícil não sorrir de forma boba com esse elogio, por isso não consigo evitar. Talvez eu esteja sendo cruel comigo mesma e incapaz de perceber meu maior talento. É preciso, inúmeras vezes, que alguém o evidencie para que olhemos para nossa vida com mais afeto.

A verdade é que, antes de vir parar aqui, eu não tinha noção do que era capaz. Vivendo no meu casulo em São Paulo, onde minha maior preocupação era a disputa que tinha com Denise pela atenção do meu pai, eu não tinha tido a oportunidade de me colocar à prova. Se tivessem me dito que ir parar num internato no interior da França me faria uma pessoa melhor, eu provavelmente acharia que a pessoa é doida.

Gabriel crava um beijo em minha bochecha e caminhamos até onde nossos amigos estão nos chamando. Louise olha para o celular com o semblante mais triste que já vi até hoje. Além disso, o medo está marcando presença na cara de Aimée.

— O que aconteceu? — questiona Gabriel, intrigado.

— Isso aqui aconteceu. — Ela entrega o celular para o irmão e ele começa a ler.

— Não entendi nada. Quem é Elsa Schiaparelli? A avó da Dominique? — diz Gabriel, e ele não precisa falar mais nada, pois já entendi tudo.

Pego o celular da mão dele e vejo o vídeo no perfil do Spotted. Achei que o dono da página tivesse desistido de postar qualquer coisa depois dos últimos acontecimentos. Mas ao que tudo indica, ainda não descobriram quem é e ele segue colocando todos em apuros. Às vezes acho que a diretora Margareth tem pagado uns bons euros para o perfil continuar expondo as falhas dos alunos.

É, a briga de gigantes está próxima de acontecer. Dominique e Louise vão protagonizar a maior disputa dos últimos tempos. Não que alguém esteja interessado em um desfile de moda, mas tem mais babado por trás disso!

Reza a lenda que Dominique tirou Louise do seu time no ano passado depois que descobriu que a brasileira é lésbica e ficava querendo tirar uma casquinha dela. Agora que Louise resolveu se vingar e criar seu próprio time, está prometendo um verdadeiro show. Recebemos imagens exclusivas da nossa Elsa Schiaparelli já em ação criando outfits para lá de emocionantes. Será que a Coco Chanel do Ali Express vai conseguir superar? Vamos descobrir semana que vem.

— Isso foi nojento — digo, soltando o celular.
— Alguém me explica quem é Elsa Schiaparelli — diz João, olhando para Gabriel, que também não sabe o que dizer.
— Vocês estão realmente mais preocupados com isso do que esse comentário horroroso sobre minha sexualidade? — diz Louise, mais pálida do que o comum.
— Louise, ninguém tem nada a ver com a sua sexualidade — digo, confiante.
— Eu não sou lésbica — grita ela, já aos prantos.
— Tudo bem. E tudo bem também se você for — Gabriel segura a irmã desesperada como se fosse uma criança, tentando confortá-la.
— Não, Gabriel. Você não entendeu, isso é abominável. Estão inventando mentiras sobre mim para toda a escola e usando um argumento baixo desses.

Eu não posso aceitar uma coisa dessas. Ninguém merece passar por isso.

— Isso já foi longe demais. Chega — falo, jogando tudo no chão e saindo da sala.

Com uma velocidade inacreditável, caminho a passos largos pelo corredor, procurando por Dominique. Sou capaz de dar um soco na cara dela. Isso foi asqueroso. Não admito que alguém faça esse tipo de coisa com alguém que eu amo.

Pouco me interessa se Louise é lésbica, heterossexual ou bissexual. Nada disso muda o talento dela, e muito menos sua personalidade incrível. Querem justificar uma briga das duas com comentários irrelevantes, insensíveis e mentirosos. Aposto que Dominique foi quem plantou essa informação, querendo nos atingir.

Quando dou por mim, percebo que todos os meus amigos, incluindo Louise, estão atrás de mim. Estamos andando como um batalhão. Ótimo, melhor assim.

Já estou perdendo as esperanças de achar nossa inimiga quando olho para o interior da sala de artes e vejo pela fresta da porta que Dominique está lá dentro. Sem o mínimo pudor, abro a porta, que faz um barulho estrondoso quando bate na parede.

Dominique tem coragem de me olhar como se não estivesse entendendo a situação. Tem que ser muito dissimulada mesmo...

— Escuta, Dominique — digo, tentando não me descontrolar. — Eu não tô nem aí pro tipo de jogo sujo que você faz para ganhar todos os desfiles. Não tô nem aí pro tipo de moda horrorosa que você desenvolve e nem tô preocupada com o que você vai apresentar no próximo desfile. Para ser sincera, mesmo que você ganhe vou continuar achando o seu talento mediano e suas vias para conseguir tudo duvidosas. Assim como Coco Chanel. E fico feliz que minha amiga seja comparada a Elsa. Porque assim como ela, a Louise vai dar a volta por cima e criar a coleção mais espetacular que essa escola já viu. E não vai precisar jogar baixo, como você, para isso. Vai entregar o que tem de melhor: amor e talento. Diferente de você, que precisa espalhar fofocas para criar um burburinho nojento nesse colégio e de alguma forma tentar fazer com que Louise perca no júri. E quer saber? Você não é nem digna de ser comparada a Coco Chanel, porque ela tem algo que você jamais terá.

— Posso saber o quê? — pergunta ela, com um ar de deboche e a sobrancelha arqueada.

— Bom gosto. Porque embora eu deteste tudo o que essa mulher já fez, ela tem bom gosto, e isso você nunca vai ter.

— E eu jamais estive interessada em você, sua vaca — finaliza Louise.

— Nem eu — completa Gabriel.

Todos saímos da sala e um silêncio tenso nos domina enquanto andamos de novo até o dormitório. Até que Aimée começa a rir baixinho e todos caímos na gargalhada. Não sei se foi nervoso, desespero ou se é porque isso foi realmente engraçado, mas é inevitável conter a adrenalina dessa discussão. Olho para Louise e me tranquilizo ao perceber que ela também está rindo. Mas sei que por dentro provavelmente está dilacerada.

Às vezes o melhor escudo para que os outros não tenham pena de você é fingir que nada te abala, mesmo que na verdade as emoções acumulem espaço dentro de nós. A gente tenta disfarçar fingindo que não dói só para não ter que explicar aos outros o motivo das nossas cicatrizes. Seguimos apenas negando que aquilo ali cavou um buraco em nosso peito. Sei disso porque eu também já passei por isso. As pessoas que demonstram que têm mais força são também aquelas que já foram mais dilaceradas.

## CAPÍTULO 28

Faz uma semana que minha vida se resume a pregar botões, cortar tecido e costurar barra de calça. Nunca pensei que isso fosse tão exaustivo, mas é. Chegar aonde se quer vai exigir tanto que às vezes pensamos que não somos o suficiente. Esse é o problema do perfeccionismo. Tudo que tenho feito me faz pensar que nada está bom de verdade. Só que agora não é mais momento para duvidar, e sim de acreditar que dei meu melhor. Assim como Louise.

Estamos deitadas na cama encarando o teto sem falar uma palavra. O silêncio já preencheu o ambiente. Tenho medo de falar algo que a deixe nervosa ou que possa gerar uma crise de ansiedade. Inclusive, desde o episódio do Spotted, temos tentado ignorar tudo o que foi dito. Não quero pressioná-la a falar sobre o assunto.

— Já parou para pensar o quanto a vida muda de repente e talvez o que antes era maravilhoso agora pare de fazer sentido? — pergunta ela em uma voz tão baixa que tenho que fazer um esforço para ouvir.

— E o contrário também — digo, me virando na direção dela.

— Antes tinham coisas terríveis que passaram a ser maravilhosas.

— Tipo o quê? — questiona ela, virando-se também para o meu lado.

— Sempre odiei a Denise e agora ela carrega na barriga o que provavelmente será a pessoa que eu mais vou amar no mundo.

Liguei para a minha terapeuta às pressas depois que voltei de Paris para Tours. Eu estava vivendo um misto de alegria e tristeza sem fim. Mas estava definitivamente aliviada, conseguindo, por fim, manter uma boa relação com meu pai. Ele até me mandou uma foto das passagens compradas para vir para cá com Denise ontem.

No dia seguinte eu estava rolando pelo Instagram e vi um vídeo de manobras para tirar cólicas de recém-nascidos e encaminhei para a Denise, que me respondeu no mesmo segundo mandando projetos de quartos de bebês. Ela inclusive estava procurando por uma casa nova, já que na nossa todos os quartos estão ocupados e não teria nenhum para o meu novo irmão.

Sugeri que ela usasse o antigo quarto dos meus pais como quarto do bebê, mas no segundo seguinte me bateu um arrependimento. Não por um desejo maluco de preservar a memória da minha mãe nem nada, mas por saber que finalmente estávamos todos seguindo em frente. Ao mesmo tempo, um nervoso de pensar que talvez, só talvez, eu estivesse traindo a memória dela me tomou de assalto. Será que ela iria gostar disso? Será que permitiria que isso fosse feito com o quarto dela?

Quando nos mudamos para aquela casa, eu sempre soube que dois quartos estavam sobrando. Um estava reservado para o escritório do meu pai. O outro seria para o meu futuro irmão. O plano dos meus pais sempre foi ter dois filhos. Quando perdi minha mãe grávida, pensei que esse desejo nunca mais seria suprido. Aceitei a ideia de que manteríamos a casa do jeitinho que ficou. Mas quem quero enganar? Minha mãe gostaria da mudança. Ela já tinha planejado isso por si antes de morrer.

Não estamos traindo a memória dela, tampouco substituindo-a. O que estamos fazendo e que deveríamos já ter feito é aceitar que a vida continuou. Se eu mereço um recomeço, meu pai também merece. E nada melhor que recomeçar a vida com uma nova vida que se aproxima.

— É verdade. Coisas boas podem se tornar ruins e coisas ruins podem se tornar maravilhosas — comenta Louise, e acordo dos meus devaneios.

— A vida é assim mesmo — assinto, piscando o olho para ela.

— Sabe, às vezes tenho a impressão de que a vida é um grande quebra-cabeça. Daqueles de mil peças que a gente nunca sabe se um dia vai ser capaz de conseguir terminar, sabe.

— Às vezes dá uma preguiça de montar — diz ela, rindo do meu papo motivacional, mas entrando na onda.

Me aproximo da cama dela e me sento na beirada. Ela abre espaço pra mim.

— E aí você precisa desacelerar para continuar — falo, também rindo. — Costumo pensar que nada pelo que passamos é por acaso. Talvez agora não faça o menor sentido, mas depois de um tempo as coisas se encaixam. Como um quebra-cabeça.

— Você acha que já consegue visualizar seu quebra-cabeça? — pergunta Louise, apoiando-se nos cotovelos e me encarando.

Honestamente, esse papo está confuso e deprimente demais, mas sei que é importante para ela.

— Pra ser sincera, acho que quis trapacear no meu e agora tô tendo que refazê-lo do início — digo, sorrindo, e Louise franze a testa, sem entender. — É que pensa comigo: quando a gente monta um quebra-cabeça, tem que começar pelas bordas, correto?

— Sim, é a maneira mais fácil de terminar de montar ele logo.

— Exatamente — concordo. — Mas normalmente montar as bordas é chato, porque nunca tem paisagem ali.

— Sim! Faz sentido — diz ela, parecendo ainda mais entretida com a minha conversa. — São sempre cinquenta peças azuis pra montar um céu, ou verdes para montar a grama. Demora horas.

— E só depois de montar toda essa parte finalmente chegamos à paisagem, mas tem quem queira trapacear e montar a paisagem primeiro, e aí perde tempo e se estressa. E assim é a vida. Precisamos dar passos lentos e gradativos pra chegar aonde queremos e enxergar o que desejamos. Às vezes, a fase da vida que se está vivendo é monótona como as peças azuis ou verdes, mas elas estão ali para compor a paisagem.

O mais doloroso é saber que o processo é longo, mas o resultado é rápido. Aprendi recentemente que, se focarmos apenas a linha de chegada e não admirarmos o percurso, vamos sempre nos frustrar, porque o resultado é uma fração de segundos, mas a jornada é eterna. E a vida é exatamente assim. A briga que tive com Denise e que me trouxe até a França também obedeceu a essa regra. Foi assim também com a minha vinda para a França, que melhorou a relação que tenho com meu pai.

O prazer da vida não está somente no que entendemos, porque sinceramente, não dá para entender tudo. Mas está no que absorvemos. E se você estiver disposto a absorver, sem dúvidas estará disposta a viver. Se estiver achando que é necessário entender a vida para que ela faça sentido, sinto muito informar que isso não acontece. Então não adianta achar que só porque alguma coisa ainda não aconteceu, ela não vá acontecer nunca ou já não esteja acontecendo. Viver à espera de algo maior é um erro que podemos cometer. Porque a imprevisibilidade da vida é o que a torna angustiante para muitos e fantástica para outros.

— Promete que nossa amizade não vai mudar, mesmo depois daquelas baboseiras que falaram no Spotted? — pergunta ela, meio sem jeito.

— Louise, quero deixar claro que sua sexualidade nunca vai definir nada sobre você. É só uma característica sua, e não um defeito.

— Não estou preparada para encarar isso agora. Mas esse jamais foi o motivo para Dominique ter me expulsado do grupo. Eu nunca daria em cima daquela maluca — garante ela, e não duvido de uma palavra. — Você acha que isso vai me prejudicar?

— Infelizmente ainda vivemos em um mundo preconceituoso, mas pode ter certeza de que, embora você não entenda o que está acontecendo agora, alguma coisa está acontecendo, e seu quebra-cabeça está se formando. Apenas ria da confusão, porque pode ser que nada faça sentido, assim como um quebra-cabeça, mas uma hora as coisas se encaixam e você vai se dar conta de que precisava ter vivido tudo isso para estar aqui agora — digo, me levantando e a abraçando na cama. — Agora descansa que é sua hora de brilhar.

Um alívio me invade quando Louise consegue relaxar e adormecer. Ela passou o dia inteiro tão tensa que achei que não fosse ter um momento de paz. Pego meu telefone e percebo que meu pai me ligou. Saio do quarto e retorno a ligação quando estou no corredor.

— Oi, querida. Estava dormindo? — diz ele, e nego com a cabeça, olhando para a câmera do meu celular. — Compramos mesmo as passagens e estamos indo daqui a duas semanas. Mas queria saber para o qual dia posso comprar nossa passagem de volta. Você vem com a gente, né? Não comentou nada sobre o término das aulas.

— Eu... não vou voltar com vocês — digo, com firmeza.

Meu pai me encara de volta, lívido.

— Victória, isso é algum tipo de castigo? O que tanto tem na França para você agora?

— Minha vida, papai. Agora tenho uma vida aqui e pretendo continuar vivendo.

— E a sua família? Quando vai se preocupar conosco? Não posso morar aí — retruca ele, com amargor na voz.

— Não estou pedindo para *você* morar, sou *eu* quem vai morar aqui. Aprendi a amar esse lugar e quero continuar aqui.

— Isso é inacreditável. O seu próximo ano é o último antes do vestibular, você queria fazer administração para cuidar dos shoppings, não lembra?

Respiro fundo, puxando o ar para meus pulmões e tentando manter a calma.

— Você está certo, eu queria isso. Mas não quero mais. — Ele olha para mim, perplexo. — Quero estudar moda em Paris, abrir minha própria marca e construir meus próprios sonhos. Que talvez não envolvam você necessariamente.

Meu pai fica em silêncio, e emoções que não consigo compreender passam por seu rosto.

— Você está falando igualzinho a ela — sussurra, abaixando o olhar.

Fico em silêncio por um momento antes de responder.

— Sim, não posso negar que meu tempo aqui me conectou mais com a mamãe. Encontrei um diário dela e percebi que nossos sonhos são muito parecidos. Sei que pode parecer estranho, mas é isso que quero de verdade, pai. Ficar aqui está me fazendo bem e quero continuar.

Ele fica em silêncio e, mais uma vez, não consigo entender o que está passando por sua cabeça.

Depois de alguns segundos, que na verdade pareceram séculos, ele diz:

— Então você pretende ficar?

— Sim — respondo, sem hesitar.

Nunca tive tanta certeza de algo na minha vida.

Este aqui é o meu lugar.

Ele suspira, ainda hesitante, mas diz:

— Eu apoio sua decisão. — A voz dele é suave e delicada. — Tenho muito orgulho da mulher que está se tornando, filha.

## CAPÍTULO 29

Eu mal conseguia ouvir meus próprios pensamentos com as vozes da plateia. O teatro estava lotado. Todas turmas do internato inteiro estavam aqui. Acho que os posts do perfil de fofoca no TikTok acabaram por animar as pessoas. Todos queriam ver pessoalmente a briga de gigantes. Era realmente como se Coco Chanel e Elsa Schiaparelli da geração Z estivessem apresentando seu desfile de moda na semana de alta-costura de Paris.

Finjo que estou absolutamente tranquila, mas por dentro sinto cólicas de nervoso. Não vou poder acompanhar os bastidores e, apesar de ter repassado tudo o que deve acontecer centenas de milhares de vezes com Louise e Aimée, sei que não tenho controle sobre a situação. E detesto isso.

Gabriel vai até a plateia e me diz que foi dispensado da apresentação da coleção. Louise já tinha me contado que preferia ele longe nesse momento, porque ele é péssimo falando em público, fica nervoso demais e só atrapalha. Nem parece que é um jogador que chegou à final nacional de tênis. Nós nos sentamos na terceira fileira e guardamos o lugar de João e Francisco, que chegam logo em seguida. Os meninos também parecem nervosos, mas sei que não vão assumir. O duelo de hoje não é apenas para votar em qual será o próximo uniforme, isso nem é tão relevante. Mas a votação de hoje vai definir a ascensão de Louise e a queda de Dominique. E eu quero estar aqui para acompanhar cada segundo disso.

— Está ansiosa para que comece logo? — pergunta João, querendo puxar um pouco de assunto.

— Essa foi a pergunta mais idiota que ouvi hoje. Óbvio que estou ansiosa, você também! — dou a resposta mais educada que consigo no momento para disfarçar meu nervosismo.

— É, eu também — respondem os três quase que ao mesmo tempo.

Olho para o palco e Dominique está lá em cima, conversando com um assistente. Espero que não esteja tramando algo que me faça odiá-la ainda mais. Nos últimos meses, Dominique conseguiu ultrapassar minha escala de ranço de zero para Denise pré-França. E olha que achei que isso não fosse possível.

— Será que podemos invadir o camarim e trancar a modelo de Dominique no banheiro? — A pergunta de Gabriel me traz de volta e me faz sorrir.

— Já estamos encrencados demais — digo, mas pensar nessa possibilidade já me deixa um pouquinho mais feliz.

— Tem razão — concorda ele. — Não se preocupe. Vocês vão arrasar.

— A Louise vai arrasar! — E digo isso com toda a certeza. Minha amiga vai mostrar seu talento para a escola inteira.

No final, apesar de todo o estresse, acho que podemos tirar boas lições de situações ruins como essa. Louise precisava mesmo ganhar confiança e acreditar mais no próprio potencial. E a minha punição a ajudou nisso. Meu trabalho foi pregar os botões, dar ideias. Ser confidente dela, acompanhar todo o processo de criação. Mas, no fim do dia, é o nome dela que vai estar estampado no calendário do colégio e ela quem vai ser aplaudida quando o desfile terminar.

Algumas vezes as pessoas precisam se sentir perdidas e sozinhas para ganharem confiança em si mesmas. A autoconfiança é a chave para que qualquer pessoa reconheça o próprio potencial. Pessoas inseguras podem ser brilhantes, mas para mostrar isso vão precisar se esforçar muito mais.

Olho para o meu lado e vejo Gabriel com uma expressão preocupada, a testa enrugada e os ombros tensos. Apesar de estar fazendo piadas e tentando quebrar o clima de nervosismo, ele não consegue mascarar o que sente. Imagino que ter um irmão gêmeo deva ser complicado. A conexão que os dois têm parece coisa de outro mundo. Sei que, se não der certo, ele vai sentir a dor de Louise como se fosse sua.

— Acho que vai começar — murmura João.

— Vai dar tudo certo — diz Gabriel, o toque de sua mão na minha me tranquilizando. Sei que ele também está falando isso para si mesmo.

As luzes se apagam e a diretora Margareth começa a anunciar o desfile. Já consigo entender algumas palavras em francês. Acho que adquiri um bom vocabulário depois de passar horas naquela sala levando bronca. Olho para a frente e vejo Dominique cochichando algo com a assistente da direção. O voto do júri dos professores pode até ser dela por sua influência, mas sei que o júri popular é todo de Louise.

A música francesa começa lentamente, já denunciando que o primeiro desfile é de Dominique. Aos poucos as modelos magérrimas entram com saias cargo e camisetas coladas ao corpo. Dominique é a típica pessoa que se perde em microtendências. Isso acontece muito com pessoas perdidas em vários aspectos, que só seguem a massa e fazem o que todos fazem. Ainda por cima, garantem que estão sendo inovadoras e revolucionárias por usarem algo que perde o efeito desejado no segundo uso e é despejado no lixo.

A maioria das blogueiras faz isso atualmente. Autointitulam-se ícones fashion, mas na verdade só reproduzem o que veem a Bella Hadid e a Hailey Bieber fazendo. O fato de Dominique seguir essas tendências comuns me faz ter ainda mais certeza da falta de personalidade dela e das inseguranças que demonstra.

Menos de dois minutos depois, o segundo modelo entra, e é um dos jogadores de basquete do colégio. Porte alto, musculoso, perfil tão bonito quanto um protagonista de série da Netflix. Está usando uma calça cargo com uma jaqueta de motociclista. Sinto vontade de vomitar.

— Não entendo de moda, mas acho que o pessoal está amando — cochicha João para Francisco, mas alto o suficiente para que eu possa ouvir também.

— Ela está jogando muito baixo. Os modelos dela estão usando o que todo mundo está acostumado a ver — digo, revirando os olhos, sem paciência.

É patético, mas sei que isso é o que funciona ultimamente. As pessoas estão querendo essa estética o tempo inteiro. Dominique não é boba e também sabe disso. Não está nem aí se isso é algo que ache feio ou bonito, ela só se importa com uma coisa: conquistar o público.

— Se aparecer mais uma pessoa alta, magra, mostrando a barriga eu desisto — falo, visivelmente incomodada.

— Você é alta e magra... — responde Gabriel, meio sem jeito.

— Isso não significa que quero ver só isso na minha frente. Moda não é somente para o que me serve, mas também deve acolher o outro.

O desfile acaba e Dominique é aplaudida. Para ser sincera, ela foi ovacionada. A maioria dos amigos dela aqui deve ter adorado o que ela trouxe. E a porcentagem que detestou ainda assim vai gostar por medo dela. Estamos ferradas.

Respiro lentamente e percebo que Louise já está no palco. Olho para ela e dou um sorriso confiante, mesmo sem um pingo de confiança.

É a hora de Louise brilhar.

A bateria e os trompetes começam a tocar e sinto paz naquele segundo. A luz começa a subir com delicadeza, revelando vários estudantes que nunca devem ter aparecido nos holofotes estudantis, aqueles que são ignorados constantemente pela maioria das pessoas. O pessoal da equipe de matemática, outros da turma de ciências e vários das aulas de robótica. Cada um do seu jeitinho.

Olho para a plateia, tentando captar reação de cada um. Em um primeiro momento, vejo que todos estão um pouco chocados.

Bom. Era isso que queríamos mesmo. A quebra de expectativa é um dos grandes objetivos de um bom desfile de moda.

Quem desfila primeiro é Juliet, uma aluna que ganhou várias vezes o campeonato de química. Ela é muito diferente das modelos escolhidas por Dominique, com cabelos cacheados e cheios, rosto com um pouco de acne, quadril largo e peitos grandes. Na última prova de roupa, ela me disse que estava feliz por finalmente usar algo que caísse bem no corpo dela.

A calça do uniforme é de alfaiataria xadrez, com um corte perfeito que a deixa confortável. Louise fez questão de que o manequim fosse até o 52. Atualmente, as meninas gordas precisam usar calças masculinas para terem o que vestir.

Para a parte de cima, em vez de uma camiseta, Louise pensou num moletom. Ficou incrível o contraste, e nos dias mais frios o blazer se sobrepõe a ele e fica ainda mais chique.

Nenhuma das peças tem gênero definido, e isso foi sugestão de Aimée. A nossa coleção parte de um dos pontos-chave da moda: liberdade. A moda não pode e nem deve ser um castigo.

A plateia parece gostar, e agora consigo ouvir os aplausos a cada modelo que entra. Todos estão usando o mesmo uniforme, mas cada um traz nele a própria personalidade. Uma das principais referências que usamos foi o desfile de gêmeos da Gucci. Nele, de cada lado da plateia desfilava um modelo com seu gêmeo idêntico ao lado usando a exata mesma roupa para demonstrar que, mesmo idênticos, cada um tem sua particularidade.

Acho que as turmas fora do grupinho popular da escola nunca se sentiram tão bem representadas. Meus olhos ficam marejados com a aceitação. No fim, todos eles param e olham para a plateia, e a luz se apaga. Na parede é projetada uma mensagem: *Spotted, nós também estamos aqui!*

Pulo da cadeira, aplaudindo e gritando pelo sucesso da minha amiga, e vejo que o anfiteatro inteiro está de pé, ovacionando a coleção. Que momento fantástico. Olho para o palco e vejo Louise abrindo um sorriso radiante e suspirando de alívio. Sei que deu certo. Eu sabia que ela ganharia e estou imensamente feliz por isso.

— Ela arrasou! — vibra Gabriel. — Obrigado, Mavi! Obrigado.

— Pelo quê? Esse sucesso é todo dela! — respondo, ainda em êxtase.

— Obrigado por fazê-la acreditar em si mesma. Obrigado por ser você.

E, antes que eu tenha tempo de reagir, ele crava um beijo em meus lábios, me deixando sem palavras. É tão bom poder gostar de alguém de uma forma que não me gere ansiedade e medo. Gabriel segura meu rosto e entrelaça os dedos nos meus.

— Acho que estou apaixonado por você — diz ele, inclinando a cabeça e escondendo o olhar.

— É uma pena que você ainda só ache isso, porque eu já tenho certeza.

— Você é muito convencida. Sou tão óbvio assim? — Ele sorri, sem jeito.

— Não disse que tenho certeza sobre os seus sentimentos, mas tenho certeza sobre os meus. Estou apaixonada por você também.

Gabriel me olha, surpreso, e abre a boca para me responder, mas nosso clima é interrompido pelo anúncio da diretora ordenando que todos se sentem para a votação. Um papel é entregue a todos com o nome das duas equipes. Pego minha caneta e voto no Galliera com força e felicidade. Louise já levou essa. Depois de votar, todos os fiscais passam recolhendo os bilhetes. Isso pode demorar horas.

Louise aparece do nosso lado, tranquila. Considerando que está prestes a receber o resultado da vitória ou derrota, fico surpresa pela serenidade. Eu mesma estou quase morrendo de nervoso por ela.

Ela se esparrama na cadeira e respira fundo, ainda sem falar com ninguém. Do nada, começa a chorar copiosamente.

— Você parecia tão calma, está tudo bem? — pergunto, mesmo sabendo que a resposta será não.

— Está tudo perfeito — diz ela, entre soluços.

— Não parece. O que aconteceu? Fizeram alguma coisa pra você? — rosna João, chateado.

— Não, eu estou bem. Esse choro é de alegria. Sinto que finalmente me desprendi dos meus medos. Alimentei tanto tempo a ideia de que não era capaz que acho que só agora me dei conta de que sou.

— E você foi brilhante — digo, puxando-a para mais perto de mim e dando-lhe um abraço.

Meu olhar se volta para Gabriel, cujos olhos estão visivelmente tão emocionados quanto os da irmã. Louise pode nem se dar conta, mas o irmão é seu maior fã. Quero ser assim com o meu irmão também. Ele encontra o olhar dela e abre um sorriso genuíno de gratidão.

Depois da cena digna de um episódio final de *This is us*, a diretora Margareth aparece com o resultado. Rapidamente todos nós nos sentamos em nossos lugares, ansiosos pelo anúncio. Eu espero, do fundo do meu coração, que Louise ganhe. A diretora liga o microfone e a interferência faz meus ouvidos explodirem. Estou mais nervosa do que todos aqui juntos.

— Vamos anunciar a chapa campeã que vai desenvolver o uniforme do próximo ano — declara ela, fazendo um suspense insuportável. — E o time vencedor, pelo terceiro ano consecutivo, foi o *Super Maison Étudiante*.

Meu estômago revira. É inacreditável. Ponho as mãos no rosto, não querendo acreditar nesse absurdo. Quando tomo coragem para levantar os olhos, vejo Aimée com os lábios tremendo, visivelmente abalada.

Algumas fileiras à frente, Dominique já está comemorando, com pulos altos, sua vitória. Olho para Gabriel, que parece mais irritado do que se tivesse perdido uma partida por três a zero. Só quem não parece ligar é Louise.

Minha amiga se levanta e bate palmas para a vitória de Dominique. Não sei se está fazendo isso por educação ou não, mas minha vontade é de fazer o contrário.

— Você não está brava? — digo, irritada.

— O resultado não muda o que acabou de acontecer — responde ela, de forma branda. — Fiquei na minha zona de conforto a vida inteira. Neguei meu talento. Ninguém podia me dizer se o que eu fazia era bom ou ruim porque eu não me mostrava para o mundo. Talvez essa sacudida fosse exatamente o que eu precisava. Eu me mostrei para o mundo pela primeira vez e a aprovação dos outros não é mais importante do que isso que acabo de ganhar. Ganhei confiança.

Meu cérebro interrompe o discurso de Dominique pela vitória e só é capaz de processar as palavras de Louise. Sei que ela merecia brilhar. E talvez ganhar não seja apenas sobre a vitória, mas sobre perceber o próprio talento. Não há nada mais gratificante do que olhar para algo que você fez e pensar "dei o máximo de mim aqui".

Sei que ela deu o melhor que tinha nessa competição. Mas nossa própria validação é mais importante do que qualquer troféu. Porque às vezes quem mais desacredita do nosso potencial, mais até do que o mundo inteiro, somos nós mesmos.

## CAPÍTULO 30

Eu e os Gregory estamos todos reunidos no Girafe para aguardar meu pai e Denise, que devem chegar a qualquer momento. Não caberíamos dentro do apartamento dos Gregory, então optamos por um restaurante com uma vista espetacular para a Torre Eiffel. Não canso de olhá-la nunca, é fascinante. Acho que ela traz a beleza de um bom clichê. Nunca perde a graça, mesmo que se repita sempre.

— Pai!

Quando o vejo, saio dos meus pensamentos e vou na direção dele para abraçá-lo. Ele está muito bonito, com um aspecto de tranquilidade reluzente.

— Mavi, você está tão linda — elogia ele, e fico corada. — Trouxe requeijão para você. Inacreditável que você more em um país com os melhores queijos e prefira esse industrializado.

— Memória afetiva, poxa! — digo, rindo. Depois, meio sem jeito, eu solto: — Oi, Denise.

— Oi, Mavi! — fala ela, desconcertada.

Apesar de tudo, Denise é extremamente tímida. Por algumas vezes pensei que isso fizesse parte do personagem de boa menina que ela gosta de exercer, mas de uns tempos para cá percebo que é somente insegurança. Ela sempre se sentiu muito deslocada.

— Trouxemos uma surpresa para você — fala meu pai, e naquele momento Júlia aparece, junto com tia Silvia.

— A família toda reunida — diz tia Silvia, com o sorriso mais bonito de todos.

Solto um grito. Eu e Júlia passamos aproximadamente quinze minutos abraçadas. É como se eu não a visse há um século, mas ao mesmo tempo nunca tivéssemos ficado separadas nem por um segundo.

— Eu preciso conhecer a Louise e não vejo a hora de ver seu namorado ao vivo e a cores — Júlia deixa escapar, o que me deixa corada.

— Júlia! — chamo a sua atenção.

— Que foi? Já falei para o seu pai. Não sabia que o namoro de vocês era secreto.

— Gabriel, não acredito que conheci você com três anos e agora você está beijando minha filha no intervalo da escola — fala papai com a voz rígida, mas sei que está brincando.

— Oi, tio Rafa — responde Gabriel, com a voz rouca. — Ou devo chamar você de sogro?

Todos caímos na gargalhada com a audácia de Gabriel.

— Gosto de você porque sempre correu atrás do que quer. Eu só não sabia que isso também envolveria minha filha. Bem-vindo à família, garoto! — Eles se abraçam e fico com o coração em festa.

— Se bem que vocês sempre foram da família.

— Você é a Louise? — pergunta Júlia para minha amiga.

— Sim, sou eu. Você deve ser a Júlia. — Elas se cumprimentam meio sem jeito.

— Espero que me aceitem nesse grupinho, afinal eu também estou vindo estudar aqui — fala Júlia.

— Você está brincando? — grito tão alto que todos ao nosso redor olham para nós.

Júlia me abraça em êxtase. Tê-la aqui será um alívio e motivo de muitas comemorações. É o melhor dos mundos. Ter minha prima morando perto de mim de novo é o presente de Natal mais especial que tive depois de saber que fui promovida a irmã mais velha.

— Sua barriga já está aparecendo — falo, sorridente, para Denise. — Posso tocar?
— Claro! — o tom de voz dela é vibrante. — É a sua irmã.
— Irmã? — pergunto, contente. — Já sabem o sexo?
— Sim. Minha ideia era contar para você de uma forma mais pomposa, com uma sapatilha de balé, talvez, mas a Denise... — começa meu pai.
— Pai, essa é a coisa mais cafona que você já planejou. Ainda bem que a Denise evitou esse plano desastroso — comento, arrancando uma risada genuína dos dois. — Socorro, eu vou ter uma irmãzinha.
— Temos que pensar em um nome — completa Denise.
— Eu sugiro Maria Elizabeth. Beta — falo, sem pestanejar. — Adoro esse nome. Minha mãe também adorava.
— É verdade... — diz meu pai, emocionado.
— Mas tudo bem se você não gostar, Denise — falo, meio sem graça. Não quero que ela se sinta obrigada a fazer escolhas de alguém que não está mais aqui.
— Maria Elizabeth é um nome lindo — sorri ela, satisfeita, e percebo o quanto nossa relação tem melhorado. — Combinaria com o nome da irmã mais velha.
— Esse lugar é fantástico, um ótimo ambiente para celebrar esse momento ao lado da minha família. — Papai nos puxa, fazendo um abraço coletivo.

Está muito frio, mas os aquecedores conseguem conter um pouco do gelo que está aqui fora. Marco e Betina se aproximam das grades e ajudam meu pai e Denise a tirarem uma foto na paisagem deslumbrante de Paris. Meu coração fica ansioso no momento em que os vejo felizes, e Louise parece notar.

— Ei, tudo bem por aí? — pergunta ela, se aproximando.

Ficamos de frente para a Torre.

— Sim — respiro fundo. — É que sempre pensei que viria até aqui com os meus pais. É estranha essa quebra de expectativa, mas estou feliz — sorrio para eles, que acenam de volta.

— Sabe que o amor é capaz de ser tão generoso que se multiplica — responde Júlia, me abraçando, e sinto o calor do corpo dela me esquentar. — Você sempre achou que estivesse sozinha, e precisou vir até Paris para que sua mãe pudesse somar mais pessoas em sua vida.

— Ainda bem que tenho todos vocês — digo, entusiasmada. — Ela amaria isso aqui.

— Com certeza, querida — diz tia Silvia, me estendendo a mão. — E teria orgulho da mulher que você se tornou.

No fim das contas, acho que o amor é mesmo generoso, mas nós somos egoístas. O amor verdadeiro é aquele que consegue se fazer eterno em meio ao tempo, se fazer presente em meio às saudades e se tornar generoso em meio à falta. E essa foi a lição mais preciosa que aprendi em Paris.

Percebi que, às vezes, a vida nos leva para direções questionáveis e nos coloca em lugares em que não queríamos estar apenas para nos mostrar que o quebra-cabeça pode não fazer sentido, mas o resultado dele sempre fará. Vir para a França contra a minha vontade me fez perceber que a vida nem sempre acontece da maneira que planejamos, mas o que nos aguarda pode ser muito melhor do que o planejamento. O lado bom da parte ruim é o que faz a nossa história não ser um conto de fadas, mas que transforma nossas falhas em uma linda história. Desde que minha mãe partiu, pensei que nunca mais fosse ser feliz. Mas percebi que o recomeço é a melhor forma de superação.

— Será que podemos tirar uma foto juntos? — Gabriel me puxa para mais perto dele.

— Você quer arranjar confusão com meu pai na véspera de Natal? — cochicho no ouvido dele.

— Somos muito amigos já, ele não se importa.

— Ei, Gabriel! — grita meu pai, do outro lado da mesa. — Estou de olho. Você não é mais aquele menininho, então acabo com você se machucar minha filha.

Caímos na gargalhada e corremos até eles para aproveitar as luzes piscando. Quando anoitece em Paris, a Torre pisca de hora em hora por cinco minutos, o que nos garante ótimos cliques.

— Também queremos tirar a nossa foto — digo, dando um beijo na bochecha de Gabriel.

— Vamos então, juntem todos! — Marco convoca a família para a foto.

— Eu vou ficar ali do lado. — Denise se afasta, mas eu seguro a mão dela.

— Denise, você é da família. Quero você na foto também — digo, e ela se emociona com a declaração.

Sei que não fui a melhor pessoa com Denise nos últimos anos, e também sei que muitas vezes ela não conseguiu corresponder ao que eu esperava dela. Mas também sei que agora estou disposta. Assim como vejo que ela está também.

— Obrigada, Mavi... — A voz dela fica rouca, e não sei se pelo frio ou pela emoção.

— Não, obrigada a você — digo, sorrindo.

— Pelo quê?

— Obrigada por ser você.

## CARTA AO LEITOR

Antes de ter tido câncer, eu não tinha a melhor relação do mundo com meu pai. Nunca brigamos, mas sempre senti que faltou afeto mútuo. Ele não era tão carinhoso e eu também não procurava ser. Quando fiquei doente, isso mudou.

Meu pai se tornou meu melhor amigo em todos os sentidos. Nossas diferenças permanecem, mas nosso carinho transcendeu. Se você conversar com qualquer mulher jovem de vinte e poucos anos, ela sempre vai ter algo para reclamar da vida amorosa ou profissional. Longe de mim querer culpar nossos pais pela catástrofe da vida adulta. Mas sabemos que muitas inseguranças das mulheres vêm de problemas com o pai.

Talvez o que faltou em mim tenha sido compensado pela reviravolta brusca que passei e que curou as diferenças que tinha com meu pai. Talvez fosse o que faltava para Maria Victória também. Mas, infelizmente, na vida algumas situações ruins trazem bons aprendizados. E isso basta.

Temos que abraçar as oportunidades de mudança e estarmos abertos a elas. Ter uma vida difícil, um problema familiar ou um trauma feroz não podem ser justificativas para nos tornarmos más, amargas ou egoístas. É necessário ser uma pessoa boa independentemente de quem ou o que tenha te machucado. Esse é o significado de resiliência.

Maria Victória conseguiu superar a perda da mãe, a culpa que sentia pelo acidente, os problemas paternos e as desilusões amorosas quando se permitiu perdoar a vida e consertar os traumas de infância. Se queremos olhar para o nosso futuro, precisamos fazer as pazes com nosso passado. Por isso convido você, cara leitora ou leitor, a permitir que suas feridas cicatrizem. Permitir que isso que te dói se torne uma lembrança e que o amor te invada a ponto de que você não justifique tanta dor e consiga receber carinho.

Espero que sua competição interna não impeça você de enxergar o potencial que tem e que as críticas e desafios não te façam desistir de lutar pelo seu caminho. Desejo, do fundo do meu coração, que você reconheça seu talento e que ninguém possa te fazer pensar que não é capaz.

Eu também quero que você sonhe alto, mas que estude bastante. Pois sem esforço não há talento que perdure e se desenvolva. Preciso que entenda, também, que nessa vida tudo tem o tempo certo para acontecer. Não é porque as coisas ainda não estão do jeito que você quer que nunca serão da maneira que você sonha. Calma, respira, tudo tem o momento perfeito para ser realizado. E prepare-se para as coisas que deseja: o tempo de espera, na verdade, é a preparação.

Por fim, nunca se esqueça de que você merece ser muito feliz. Como sempre digo: que a cada recomeço você se redescubra. Você tem força!

## AGRADECIMENTOS

Não me lembro ao certo quando me apaixonei pela moda, mas certamente me lembro do dia em que decidi me esforçar para fazer dela meu trabalho. Moda, para mim, nunca foi apenas sobre vestir uma roupa bonita. Eu gostava de entender a história. Embora amasse tudo isso, nunca me senti capaz. Parecia uma carreira inacessível, intocável e até mesmo inviável. Eu sentia que não conseguia furar a bolha e que não era digna de fazer parte desse mercado.

Foi preciso chegar ao fundo do poço para me arriscar. Lembro que eu estava internada com câncer e comecei a me arrumar para as quimioterapias. Alguns admiravam minha força de vontade de me arrumar para fazer algo tão cruel e difícil como era o tratamento oncológico. Outros perguntavam "de onde é esse pijama? Como foi que você amarrou o lenço assim? Me conta o batom que está usando". Aos poucos os looks do hospital começaram a se tornar algo além das vestimentas que me faziam sentir bem e viraram minha armadura numa árdua batalha contra o câncer. Eles se tornaram meu combustível para fazer o que sempre sonhei.

Então um dia, um ano depois de finalizar o transplante, eu me recordo de entrar na Bottega Veneta e comprar minha primeira bolsa de luxo. Tive vergonha. Era, para muitos, uma futilidade absurda, mas para mim significava conquistar um pedaço de algo que eu tanto admirava: moda. Estava ali, palpável e consolidado na minha frente, o esforço do meu trabalho e o início de uma tentativa de realizar meu sonho de trabalhar com isso.

Não vou mentir para vocês: o caminho não foi fácil. Várias vezes achei que não tinha repertório ou que era muito leiga para esse mundo tão competitivo. Aos poucos comecei a entender que não era apenas sobre moda que eu falava: falava também sobre histórias. E histórias precisam da arte que a moda traz. Encontrar a minha linguagem foi difícil. Foram três anos de dosagens, de estudos e pesquisas. Agora me sinto plenamente feliz com o que faço e entrego. Mas é claro que vez ou outra ainda me pergunto: é isso mesmo?

Sabe algo engraçado que me falam quando descobrem que sou escritora? "Nossa, eu jamais conseguiria escrever um livro." Tem vezes que também duvido da minha própria capacidade. Durante o processo deste aqui, duvidei de mim em muitos momentos. Achei que não fosse possível e que jamais conseguiria. Tive bloqueios criativos durante muitos meses até começar a encontrar o funcionamento e a narrativa perfeitos que me tocassem.

Eu escrevo para além do público. Escrevo para mim. Escrevo algo que eu também gostaria de ler. Moda sempre foi uma paixão, mas por diversas vezes me achei pequena diante de tantas figuras tão incríveis que existem no universo fashion. Quantas vezes já me achei insuficiente, quantas vezes já criei competições dentro da minha cabeça achando que outras pessoas fossem melhores do que eu, quantas vezes já me senti insegura em eventos, desfiles e lançamentos. Trabalhar nesse ramo não é fácil.

A moda se tornou minha paixão, mas em alguns momentos também foi motivo de muitas lágrimas. E é isso que o amor por algo faz com a gente. É necessário amar o que se ama de verdade, mas sem nunca duvidar da capacidade que essa mesma coisa tem de te machucar. Trazer esse universo para dentro do meu livro me deu um pouco mais de fé. Fé de que sei o que estou fazendo, de que sei que tipo de moda quero mostrar e de que tenho propriedade para falar disso. Tenho conhecimento. Então quero também agradecer a mim, por acreditar que sou capaz de sempre aprender e transmitir conhecimento através do meu trabalho e das minhas palavras.

Claro que também agradeço a Ele, Deus, por sempre iluminar meus caminhos e me mostrar que o tempo Dele é precioso e mais exato que o nosso. Ter paciência é algo que tenho cultivado cada vez mais. Agradeço também à Santa Dulce dos Pobres, minha santinha que sempre me acompanha e me dá sinais de que está olhando por mim.

Não poderia deixar de agradecer à minha doadora. Não a conheço, mas sei que tem muito orgulho de mim. Quando penso nela, imagino que seja uma pessoa bondosa, empática, transformadora e — principalmente — amorosa. A doação dela, afinal, salvou minha vida e me deu a oportunidade de vivenciar uma linda história. Ela me fez renascer, assim como um bebê que recebe a vida.

Agradeço também ao meu pai, Eduardo Riedel. Meu pai é e sempre será quem mais me incentivou a ser escritora. Todo o ambiente de leituras excelentes que ele me proporcionou me trouxe um dos talentos mais incríveis que poderia ter. À minha mãe, Vania Bandeira, agradeço por ser tão companheira, parceira e amorosa. Mãe, se não fosse você e suas lindas palavras de carinho e força, talvez este livro nunca tivesse saído.

À minha avó, Noélia Bandeira, agradeço por ter sido meu primeiro contato com o universo da moda. Vó, você é meu ícone fashion e sempre me mostrou o seu bom gosto impecável, para além da vaidade.

Às minhas irmãs Sarah, Nathália e Mirna, agradeço por serem, além de irmãs, ótimos exemplos. Tenho sorte de ser a caçula de um time especial. Agradeço também à minha afilhada Maria Thereza, que com apenas dois anos já mostrou o quanto vai ser igual à madrinha e amar as bolsas e looks incríveis.

Aos meus amigos, meu muito obrigada por serem tão compreensivos e terem entendido todos os meus surtos e faltas: eu precisava trabalhar! Ao fashion TikTok, que bom é poder fazer parte de uma geração que tem mostrado tanto conteúdo de valor. Orgulho em fazer parte de vocês.

E claro, às minhas seguidoras e seguidores, obrigada por estarem comigo em mais uma jornada. Vocês sempre me apoiam e estão presentes em todas as fases da minha vida. É emocionante presenciar a comunidade que criamos juntos. Me sinto extremamente acolhida.

Por fim, como sempre deixo registrado, recomeçar dói. Mas que a cada recomeço eu me redescubra.